Alt BDSM

Underdanig
Kvindekokketrilogi

Erika Sanders

ERIKA SANDERS

Alt BDSM
Underdanig Kvindekokketrilogi
Erika Sanders
Serie
Alt BDSM

Synopsis

Den består af følgende romaner:
    Underdanig Kvindelig Kok 1
    Underdanig Kvindelig Kok 2
    Underdanig Kvindelig Kok 3

Alt BDSM er en historie med stærkt erotisk BDSM-indhold og til gengæld også tilhørende samlingen **Erotisk Dominans og Underkastelse**, en serie af romaner med højt romantisk og erotisk BDSM-indhold.

(Alle karakterer er 18 år eller ældre)

Bemærkning til forfatter:

Erika Sanders er en internationalt kendt forfatter, oversat til mere end tyve sprog, som underskriver sine mest erotiske skrifter, væk fra sin sædvanlige prosa, med sit pigenavn.

Indeks:

ALT BDSM
UNDERDANIG
KVINDEKOKKETRILOGI
ERIKA SANDERS

UNDERDANIG KVINDELIG KOK

13

GENSIDIG SAMTYKKE

KAPITEL 1

Brevet var en velsignelse.

Hun kunne næsten ikke holde tårerne tilbage.

Cristina havde netop afsluttet sine kulinariske studier, og hendes nye cateringvirksomhed fik en stensikker start.

Han stod i sin lille lejlighed og gennemgik hvert eneste ord i det håndskrevne brev.

Kære cristina,

Jeg håber, at dette brev når dig. Undskyld mig, men jeg bruger ikke e-mail. Og jeg bryder mig generelt ikke om telefonopkald. Jeg er ude af mode.

Jeg er en bekendt af din mor. Vi mødtes kort til en fælles vens fest for flere uger siden. Din mor nævnte tilfældigt din cateringvirksomhed flere gange. Jeg tænkte over det, og det lyder interessant. Jeg har aldrig hyret en restauratør før.

Hvis du er interesseret i en ny kunde, så kontakt mig, så kan vi måske blive enige. Jeg er en frygtelig kok. Og jeg har hørt, at du er meget god.

De bedste ønsker og held og lykke med din virksomhed,

Paul

Endelig tænkte hun. Held og lykke begyndte at komme hans vej.

KAPITEL 2

En uge senere.

Cristina kørte gennem det velhavende kvarter i sin forslåede gamle bil.

Han tiltrak sig tydeligvis opmærksomhed, men han var ligeglad.

Jeg var glad for at være i dette nabolag for et muligt potentielt job.

Han parkerede ved indgangen til den adresse, han havde fået at vide.

Jeg anede ikke, hvordan Paul så ud.

Deres eneste virkelige interaktion var et kort telefonopkald for at arrangere mødet.

Christina bankede på døren.

En ældre sort kvinde svarede.

Kvinden var iført et tjenestepigetøj.

Kvinden forblev mærkeligt stille, mens de så på hinanden.

"Hej," sagde Cristina akavet. "Jeg er her for at se Paul."

Den gamle sorte kvinde nikkede.

"Kom herind."

Cristina kom ind, og tjenestepigen lukkede døren.

Stuepigen førte hende op ad trappen i et ret stort hus.

Cristina så sig omkring med misundelsesfyldte øjne.

Alt var gammelt, mørkt og rustikt.

Der var antikviteter overalt.

Klassiske malerier blev vist på væggene.

De kom til en gang, og tjenestepigen åbnede en dør efter at have banket på først.

Cristina kom ind, så gik tjenestepigen.

Det var et kontorlokale.

Paul sad bag sit skrivebord og arbejdede.

Han var en smuk mand i 40'erne.

Han havde et stenlignende udtryk i ansigtet, som var umuligt at læse.

Hans ansigt var perfekt til poker.

Hans ansigt forblev udtryksløst.

"Vær venlig at sidde," sagde han.

Cristina blev skræmt af hans tilstedeværelse og af hendes egen mangel på erhvervserfaring.

Han havde aldrig lukket en aftale før.

Hun satte sig ved sit skrivebord.

"Du må være ny i denne branche," sagde hun.

"Hvorfor siger du det?"

"Jeg kunne mærke din nervøsitet, da du kom ind. Du skulle prøve at slappe af. Bare rolig, jeg er her for at hjælpe dig med alt, hvad du har brug for."

Hun gav et akavet smil.

"Jeg vil huske det."

"Okay. Fortæl mig nu om din cateringvirksomhed."

"Nå, det er stadig ret nyt," sagde han efter at have tænkt lidt over det. "Jeg kan tilberede måltider for at imødekomme dine specifikke præferencer. Hvis du har brug for catering til en fest, kan jeg ansætte yderligere folk. Jeg har mange venner fra kulinarisk skole."

"Det vil ikke være nødvendigt. Jeg foretrækker, at du arbejder alene. Der er færre problemer på den måde."

Christina nikkede med hovedet.

"Jeg formoder, at du bor alene, og du vil have mig til at tilberede dine måltider."

"Meget klog."

"Havde du en bestemt aftale i tankerne?"

"Det kommer an på," svarede Paul. "Har du travlt? Har du travlt?"

Hun gav ham et flovt smil.

"Tværtimod. Du er min første rigtige klient. Jeg har lavet småting hist og her. Hovedsageligt for venner af min mor, som gjorde mig en tjeneste."

"Ønsker du gratis virksomhedsrådgivning? Afslør aldrig en svaghed. Det lyder ikke godt."

"Åh selvfølgelig. Jeg husker det."

"Med hensyn til en aftale," svarede Paul. "Kan du lave mad til mig? Frokost og aftensmad."

"Selvfølgelig. Det vil ikke være et problem."

"Fremragende. Jeg vil gerne have mine måltider leveret til mit hus kl. 11:30 skarpt. Mandag til fredag."

"Selvfølgelig," indvilligede hun.

"Denne aftale vil i det mindste vare i de næste mange måneder. Hver af os har mulighed for at annullere aftalen til enhver tid. Forstået?"

"Ja, jeg forstår."

"Fremragende."

"Har du nogle madpræferencer?" spurgte Christina. "Mine specialiteter omfatter fransk, italiensk og forskellige stilarter i Asien..."

Han rystede på hovedet.

"Det gør ikke noget. Bare tag hende med til tiden."

"Godt."

"Lad os nu diskutere tallene. Hvordan lyder $100 om dagen for dig? Er det fair?"

Christinas øjne blev store.

Arbejdet og det tilbudte beløb var meget mere, end han forventede.

Hun indså, at hun må have set fjollet ud med et hvalpeudtryk i ansigtet, så hun genvandt sin ro.

"Det lyder fornuftigt," svarede han roligt. "Ja det er fint."

"Så det er afgjort. Kan du begynde i morgen?"

"Intet problem. Men er du sikker på, at du ikke vil prøve min madlavning først?"

"Helt ærligt er jeg ligeglad med, hvordan mad smager. Du gik i kulinarisk skole. Det er godt nok for mig. Jeg vil ikke bekymre mig om mad, mens jeg arbejder."

Christina nikkede med hovedet.

"Okay. Jeg forstår det. Må jeg spørge, hvad du laver? Dit hus er smukt. Jeg elsker den rustikke atmosfære."

"Jeg har gjort en række ting i mit liv. Jeg er kunsthandler i disse dage. Jeg beskæftiger mig også med sjældne antikviteter. I øjeblikket fokuserer jeg på mit forfatterskab."

"Hvad skriver du?" hun spurgte.

"Et par erindringer. Jeg hævder ikke at være nogen berømt eller vigtig. Men jeg har nogle historier at dele. Det ville være en skam, hvis ingen hørte dem. Jeg arbejder også på nogle skønlitterære bøger."

"Åh, det lyder interessant. Måske kan jeg læse dem en dag. Jeg elsker at læse biografier og erindringer."

Paul smilede let.

"Jeg tror ikke, du er interesseret."

"Hvorfor ikke?"

"Det er en antagelse. Men hvem ved? Nogle gange tager jeg fejl om disse ting."

"Okay," Cristina nikkede akavet.

Paul rejste sig og gik mod Cristina.

Hun forstod og rejste sig også.

Paul var næsten en fod højere end hende.

Hans fysik tårnede op over Cristinas slanke og petite krop.

Han rakte hånden frem, og de gav hinanden hånden.

"Vi har officielt en aftale," sagde han. "Jeg forventer det første sæt måltider i morgen kl. 11.30 om morgenen. Kom ikke for sent. Jeg tolererer ikke ulydighed."

Hun slugte.

"Ja Hr."

KAPITEL 3

Cristina var stadig imponeret over mødet med Paul.

Han lagde sig på sengen og kiggede op i loftet.

Tilbuddet virkede for godt til at være sandt.

Det var næsten utroligt.

Men han var bange for, at det havde været en grusom joke, tænkte han.

Hun tog sin telefon og ringede til sin mor.

Hans mor besvarede altid hans opkald med et par ringetoner.

Da hun tog telefonen, spildte Cristina ingen tid på at forklare hende alt.

Der blev ikke sparet på detaljer.

Cristina fortalte sin mor alt om tilbuddet og alle de følelser, hun havde, da hun mødte Paul.

"Det er vidunderligt," svarede hendes mor.

"Jeg ved det. Det er skørt, ikke? Men jeg tror ikke på noget af det her, før dine penge er i min hånd. Indtil da forestiller jeg mig det værste."

"Fokuser på positive tanker, Cristina. Din virksomhed er endelig ved at tage fart."

"Det håber jeg. Jeg mener, $100 om dagen for to måltider? Selvom han fyrer mig i næste uge, vil jeg stadig være glad for, at jeg tjente så mange penge."

"Det ville jeg ikke bekymre mig om."

"Hvad mener du?" spurgte Christina.

"Tilsyneladende har Paul gode økonomiske reserver."

"Jeg lagde mærke til det. Hans hus var som et museum."

"Der har du det. Du behøver ikke bekymre dig om, at hans økonomi løber tør. Bare hold ham glad med gode måltider, god service, og kom ikke for sent."

"Hvad ved du om den fyr?" spurgte Cristina i en mere alvorlig tone. "Det virker lidt underligt, ikke?"

Hans mor tænkte sig om et øjeblik.

"Sådan. Jeg mødte ham kun én gang til en fest. Han er en meget klog fyr. Intet bullshit. Lige op."

"Det er bestemt ham," spøgte Cristina.

"Undervurder ham dog ikke. Han er tilsyneladende en charmør hos damerne."

"Virkelig?"

"Det er, hvad jeg har hørt. Sørg for, at du holder dig væk fra hans uimodståelige charme," jokede han.

"Meget sjovt," svarede Cristina. "Definitivt ikke min type dog. For gammel. Og for kedelig."

"Jeg er glad for, at din virksomhed er kommet godt i gang."

"Vi får at se."

"Fokuser på positive tanker, Cristina."

KAPITEL 4

Der gik uger.

Cristina havde allerede forberedt snesevis af måltider til Paul.

Og hun havde tjent tusindvis af dollars i løbet af den tid.

Den daglige rutine var altid den samme.

Stå tidligt op om morgenen.

Laver mad.

Læg alt forsigtigt i beholdere.

Tag ham med til Pauls hus før 11:30 om morgenen.

Kom aldrig for sent.

Og aldrig adlyde.

En dag blev Cristina bedt om at tilberede frokosten, som hun havde medbragt, på en tallerken i køkkenet.

Så det gjorde hun.

Det var første gang, jeg havde lavet opgaver i Pauls køkken.

Hun var stolt af sin mad.

Hun vidste, at det smagte godt, selvom Paul aldrig havde komplimenteret hende for det.

Han kom nedenunder i afslappet tøj.

Som altid var hans ansigt næsten udtryksløst.

Han kiggede på maden, der lå på spisebordet og gad ikke kommentere det.

"Skal jeg gå nu?" spurgte Cristina akavet.

"Bliv et øjeblik. Der er noget, jeg vil spørge dig om."

"Godt."

Paul sad ved spisebordet, mens Cristina blev stående.

"Hvilke andre tjenester tilbyder du?" spurgt. "Udover at lave mad."

Cristina blev overrasket og stod fast.

Han forberedte sig på flere fremskridt.

Jeg var forberedt på seksuel chikane.

"Jeg sørger for ærlig catering. Jeg laver gourmetmåltider. Det er det. Hvis du leder efter andre tjenester, foreslår jeg, at du kigger andre steder."

"Og hvorfor det?" spurgte han strengt.

"Helt ærligt, du er ikke min type."

"Du er heller ikke min type."

Hun følte sig endnu mere fornærmet.

"Se, jeg synes, vores ordning fungerer fint. Lad os holde det sådan. Alt andet vil ikke fungere."

"Tror du, jeg beder om seksuelle tjenester?" spurgt.

Christina frøs.

"Er det ikke sådan?"

"Jeg tror ikke på det."

Hans ansigt blev rødbede.

"Åh, undskyld sir."

"Glem det," svarede han. "Jeg spørger, fordi min stuepige snart går på pension. Hvis du har ekstra tid, så kan du måske hjælpe mig med mine rengøringsopgaver."

"Hvad skal jeg gøre?"

"Intet svært. Rengør opvasken. Hold alt rent."

"Det skal jeg tænke over."

"Du bliver selvfølgelig godt kompenseret," svarede han. "Og bare rolig, jeg vil ikke bede dig om sex. Du er ikke min type."

Hun rødmede igen.

"Undskyld tidligere. Men jeg vil overveje det. Hvorfor ikke?"

"Overvej tilbuddet. Mit job kører problemfrit, og jeg ville sætte pris på lidt hjælp med vedligeholdelse af hjemmet."

"Du går ikke meget ud, vel?"

"Jeg har allerede rejst verden rundt og set det hele," svarede han. "I denne del af mit liv fokuserer jeg på mit forfatterskab. Nogle gange går jeg ud. Jeg elsker stadig at træne. Men jeg vil ikke bekymre mig om husholdning. Du virker som en dygtig ung kvinde, så jeg tilbyder dig ekstra arbejde."

Christina nikkede med hovedet.

"Det er meget generøst af dig."

"Med de ekstra penge kunne du købe dig en ny garderobe og en ny bil."

Hun følte sig en smule irriteret over den kommentar.

"Jeg forstår det. Jeg har brug for penge. Du behøver ikke at gnide dem ind."

"Det prøvede jeg ikke."

"Okay. Det gør jeg. Jeg vil gøre noget ekstra rent for dig."

"Fremragende," svarede han med et sjældent smil. "Vi diskuterer ordet senere."

Hun gik hen til Paul og rakte hånden frem til et håndtryk.

Paul rejste sig som en gentleman og gav hende hånden.

Aftalen blev lukket.

DEN LUKKEDE DØR

KAPITEL 5

Det lykkedes Cristina at finde et par andre kunder til nogle små opgaver.

Men det meste af hendes arbejde blev gjort for Paul.

Hun tilberedte deres måltider hver dag i ugen.

Med tiden begyndte hun at arbejde mere for ham.

Hun lavede små rengøringsopgaver for nogle ekstra penge.

Cristina havde altid været en uorganiseret person i huset, så det var ironisk, at hun lavede husarbejdet for en anden.

Men pengene var gode, så han var ligeglad.

Opvasken skulle renses og arrangeres på en bestemt måde.

Vinduerne skulle være uplettede.

Møblerne skulle være fri for støv.

Paul rensede selv gulvene.

Paul var en meget speciel person.

Og disse træk gjorde Cristina til tider uhæmmet.

Men pengene var gode.

På en måde var Cristina stolt af at hjælpe Paul.

På en eller anden mærkelig måde følte han, at han hjalp Paul med at nå sit mål om at kunne skrive sine bøger.

Hun holdt af ham som person.

KAPITEL 6

Spisebordet var ryddeligt.

Frokosten var klar.

Cristina kiggede på tallerkenen og beundrede hendes smukke arbejde.

Kulinarisk skole havde givet pote.

Han kunne ikke vente på, at Paul prøvede det, selvom Paul aldrig gav komplimenter.

Paul kom usædvanligt for sent til frokost.

Han kom aldrig for sent.

Ovenpå døren var lidt åben, og Cristina lyttede, mens tastaturet blev brugt rasende.

Hun vidste, at han stadig havde travlt.

Hun gik hen mod trappen og spekulerede på, om hun skulle ringe til ham eller ej.

Hun ønskede ikke at afbryde sit arbejde.

Men hun vidste, at Paul var en mand, der trængte til orden.

Måske har du mistet overblikket?

Så så hun hende.

Nær trappen stod døren åben, lidt åben.

Det var et værelse, som Paul havde sagt, var forbudt.

Paul ville have mig til at rense alle værelser undtagen dette værelse.

Cristinas nysgerrighed nåede sit højdepunkt.

Jeg lyttede stadig til Paul, der skrev ovenpå.

Hun ville tage et kig på det hemmelige rum.

Han ønskede at kende Pauls små hemmeligheder , uanset hvor små de var.

Hun var interesseret i ham.

Hun var interesseret i den mand, hun havde tjent i ugevis.

Han tog et par rolige skridt hen mod døren.

Hun stak hovedet ind.

Værelset var mørkt.

Han tændte lyskontakten, og rummet var strålende oplyst.

Til Cristinas overraskelse var soveværelset det mindst elegante sted i huset.

Men de lignede alle antikviteter.

Han gik ind og så sig omkring.

Der var en række forskellige træ- og metalanordninger.

Designene så ud til at være fra middelalderen.

Apparaterne virkede store nok til, at en person kunne sidde eller ligge på.

Forskellige piske og kæder hang på væggen.

Der var mange reb på et nærliggende bord.

Cristina brugte sin finger til at røre ved en metalenhed.

Han førte fingeren hen over den og så på den.

Spidsen af hans finger var dækket af et fint lag støv.

Værelset havde ikke været brugt i lang tid.

"Du burde ikke være her," sagde Paul bagfra.

Cristina blev overrasket over lyden af hans stemme og sprang.

Hun vendte sig om og så Paul stå ved døren.

"Åh jeg er ked af det."

"Sagde jeg ikke, at dette værelse er ude af dine gøremål?" spurgte han og gik henkastet indenfor.

"Jeg ved det. Men den var åben, og jeg var nysgerrig. Jeg tænkte, at du måske ville have mig til at rense den."

"Nej. Jeg havde tænkt mig at rense det selv senere."

Christina slugte.

"Din mad er klar. Det begynder at blive koldt."

"Det kan vente," svarede han og gik ind i lokalet for at se på apparaterne . "Du må undre dig over, hvad alt det her er."

"Det ligner et middelalderligt torturkammer."

"Du har næsten ret. Nogle af disse ting blev bygget for århundreder siden i middelalderen. Men ikke nødvendigvis til tortur."

"Hvorfor så?"

"Fornøjelse. Seksuel fornøjelse," svarede han ligeud.

Christina blev overrasket.

"Jeg kan ikke forestille mig hvordan. Disse ting ser så smertefulde ud."

"Det er meningen."

"Så de er i bund og grund trældomsanordninger?"

Han var enig.

"Disse feticher har eksisteret i århundreder. Kan du tro, at disse enheder blev bygget til kongelige familier og adel?"

"Jeg ville ikke blive overrasket. De fleste rige mennesker er lidt fordærvede."

Han løftede et øjenbryn.

"Inkluderer det mig?"

"Åh nej, jeg mente ikke dig," bakkede hun hurtigt tilbage.

"Det var bare for sjov."

Christina slappede af.

"Selvfølgelig. Så hvorfor er alle disse ting låst inde i dette rum? Hvorfor sælger du dem ikke til et museum eller noget?"

"Måske en dag. Men indtil videre skriver jeg om dem i min bog. Jeg havde også tænkt mig at tage billeder af dem. Derfor var lokalet åbent."

"Din bog må være interessant."

"Det håber jeg," svarede han. "Jeg har skrevet om sex. Den slags dominans og seksuelt slaveri."

Christina løftede øjenbrynene.

"Virkelig? Du virker ikke som typen til den slags."

"Så hvilken slags fyr ligner jeg?"

"Jeg ved det ikke. Blødt. Jordbær. Ingen fornærmelse."

"Ingen fornærmelse," svarede han. "Jeg var en meget anderledes person for år siden. Jeg var ikke altid så tilbagetrukket."

"Hvad ændrede sig?"

Paul gned sine fingre mod en metalanordning.

"Det er en lang historie. Du kan læse min bog, når jeg er færdig med at skrive den."

"Nå, jeg glæder mig. Det lyder som om, du har nogle interessante historier at fortælle."

"Ved du, hvad en mester er?" spurgt.

"Bare det grundlæggende," trak han på skuldrene. "En fyr, der styrer kvinder rundt. Piske. Kæder. Smæk. Den slags, ikke?"

"Mere eller mindre. Jeg har været en mester for mange underdanige kvinder. Smukke kvinder med mørke ønsker."

"Har du ramt dem?" spurgte hun nysgerrigt.

"Sommetider."

"Hvad med disse enheder?" hun spurgte. "Har du nogensinde brugt dem på dine slaver?"

"Af og til. Men metoderne er ikke vigtige. Det handler ikke om tæsk eller anordninger. Det handler om overgivelse. De giver mig deres kroppe. Og jeg gør, hvad jeg vil med dem. I sidste ende er fornøjelsen gensidig."

Cristina tav et øjeblik.

Han så direkte ind i Pauls øjne og vidste, at hvert ord, han sagde, var sandt.

Hun vidste, at det var noget, Paul havde erfaring med.

Hun vidste, at det var noget, Paul længtes efter at gøre igen.

"Din mad bliver kold," sagde han.

"Er det alt, du bekymrer dig om?"

Hun frøs et øjeblik.

"Jamen, catering er det, du hyrede mig til, ikke?"

"Du er en klog pige," sagde han med et lille smil. "Du begynder at kunne lide mig."

Paul gik hen og gav Cristina et venligt klap på skulderen.

Så vendte han sig om og forlod rummet, mens Cristina blev forvirret over det akavede møde.

Hun fulgte ham ind i spisestuen og så ham spise.

KAPITEL 7

Senere samme aften.

Det var telefonopkaldet, som Cristina havde frygtet ville komme i de sidste par måneder.

"Som?!" spurgte Christina.

"Det er endelig tid," svarede hendes mor. "Din far og jeg vil ikke længere støtte dig økonomisk. Vi føler, at du er gammel nok til at klare dig selv."

"Du ved godt, at det er dyrt at bo i byen, ikke?"

"Skat, ingen tvinger dig til at bo i byen. Du kan altid flytte tættere på hjemmet og finde noget billigere at bo."

"Nej tak," sukkede Cristina.

"Jeg ved ikke, hvorfor du opfører dig så overrasket. Jeg har advaret dig i de sidste par måneder. Da jeg var på din alder, jeg..."

"Tiderne har ændret mor. Har du set nyhederne? Denne økonomiske situation er hård. Leveomkostningerne er sindssyge"

"Men din virksomhed tager fart," svarede hendes mor.

"Knap."

"Du skal være lidt mere forretningskyndig, hvis du vil have succes. Der er så mange potentielle kunder i byen. Alt du skal gøre er at finde dem. Du er en god kok og et godt menneske. Jeg har tro på i dig, Cristina."

"Ja, du har ret. Jeg tænkte på at tage kontakt til forskellige firmaer for at høre, om de har brug for catering til fester."

"Det er iværksætterånden," svarede hendes mor stolt.

"Hvis livet var så nemt."

"Gode ting kommer, når du er vedholdende. Apropos det, arbejder du stadig med Paul? Hvordan går det?"

"Det går godt," sagde Cristina vagt.

"Nå? Er det alt? Nogle interessante detaljer?"

"Ikke rigtig. Jeg laver mad til ham fem dage om ugen. Han betaler mig mange penge for min tjeneste. Han er en underlig fyr."

"Se, hvem der taler," spøgte hendes mor.

"Sjov."

"Jeg laver bare sjov. Du har ret. Paul virker en smule uoplagt. Han er dog en klog fyr."

"Hun er bestemt en interessant person," svarede Cristina. "Og han holder mig ansat. Så jeg kan ikke klage."

"Det skal du heller ikke. Hvis du vil have din virksomhed til at vokse, skal du altid gøre dine kunder glade. Det har altid fungeret for mig."

Christina stoppede et øjeblik.

"Du ved, du gav mig lige en idé."

"Jeg er ikke sikker på, at jeg kan lide lyden af det."

"Tak mor. Du er den bedste."

"Nå, pas på, Cristina. Jeg er der altid for dig. Jeg elsker dig."

"Jeg elsker også dig mor."

Efter opkaldet sluttede, havde Cristina en stærk følelse af beslutsomhed.

Hun var fast besluttet på at få succes uden forældrenes hjælp.

KAPITEL 8

Den næste dag.

Cristina ventede opmærksomt, mens Paul spiste sin frokost.

Hun gjorde køkkenet rent og tog sig af noget husarbejde for ham.

Da Paul var færdig med at spise, vendte hun tilbage til spisestuen og tog tallerkenen fra ham.

Inden Paul havde en chance for at gå, stillede hun sig foran spisebordet med en respektfuld holdning.

"Jeg har tænkt," sagde Cristina med hænderne samlet. "Dette arrangement har virkelig fungeret godt. Jeg har stået for de fleste af dine måltider og husarbejde , og så du kan fokusere på dit arbejde."

Paul trådte tilbage, velvidende at et frieri var på vej.

"Jeg er enig. Det her har fungeret godt. Bedre end jeg havde forventet."

"Så hvordan ville du have det, hvis jeg ville udvide mine opgaver her? For ekstra penge, selvfølgelig."

"Du gør allerede mere, end jeg har brug for. Og jeg betaler dig allerede en meget generøs løn."

"Det sætter jeg pris på," sagde Cristina høfligt. "Men du ville gavne mere, hvis jeg gjorde flere ting for dig. En kvindes berøring er altid nyttig for en enlig mand."

Paul tænkte sig om et øjeblik.

"Det er en interessant pointe. Fortsæt."

"Jeg er sikker på, at der er mange andre ting, jeg kunne gøre for dig."

"Som hvad?"

Cristina var eftertænksom et øjeblik.

"Nå, det er op til dig. Måske kunne jeg rense de enheder i det aflåste rum. Det rum var støvet. Jeg kunne gøre et ekstra arbejde med at gøre rent. Og måske kunne jeg holde en fest for dig."

"Hvorfor er du så interesseret i flere penge lige pludselig?" spurgte Paul.

"Jeg tror, du kunne drage fordel af en kvindes berøring. Tænk på alle de fester, du kunne holde. Folk ville elske maden. Dit sociale liv ville være fantastisk."

"Fortæl mig sandheden. Hvorfor har du brug for ekstra penge?"

Cristina holdt en pause et øjeblik.

"Mine forældre har ikke tænkt mig at give mig flere kontanter. Og huslejen i denne by er overvældende. Hvis der er andet, du skal have mig til at lave her omkring, vil jeg med glæde gøre det."

Paul nikkede sympatisk.

"Jeg kan godt lide dig som person, Cristina. Du arbejder hårdt og har det sjovt med at gøre det. Men jeg har ikke tænkt mig at give dig penge gratis, især når jeg allerede betaler dig pænt."

"Jeg forstår", svarede Cristina og prøvede at dæmme sin sorg. "Tak fordi du lyttede alligevel. Jeg er tilbage i morgen."

"Jeg har ikke nået mit slutpunkt endnu," tilføjede han. "Jeg vil prøve at tænke på noget. Noget, der passer til dine færdigheder og egenskaber. Når jeg finder noget, giver jeg dig besked, og du vil blive belønnet for det. Lyder det fair?"

Hun smilede.

"Lyder godt".

KAPITEL 9

Dagene gik.

Paul kom aldrig med et tilbud.

Cristina spurgte ham aldrig, fordi hun ikke ville være til besvær.

Hun var ved at forberede Pauls frokost, som hun plejede.

Paul kom ned til spisestuen tidligere end normalt.

Han satte sig ned og ventede, mens Cristina stadig gjorde alting klar.

"Det ser godt ud," sagde hun, da Cristina kom med tallerkenen med mad.

Det føltes virkelig som et mærkeligt øjeblik for ham at lykønske hende.

"Tak. Det er lammesteg med en side af bagte grøntsager."

Paul trak sig op ved siden af hende.

"Sæt dig ned. Der er noget, jeg vil diskutere med dig."

Cristina satte sig ned og ventede på, hvad hun havde at sige.

"Jeg har tænkt over din anmodning om mere arbejde," sagde han. "Især om behovet for et feminint præg her omkring. Jeg vil i hvert fald skære ind i benet, jeg kunne bruge nogle af dine til inspiration til mit forfatterskab."

"Inspiration? Hvordan så?"

"Måske kunne du posere for mig. Jeg har kæmpet med writer's block på det seneste, og du kan måske hjælpe mig med noget at se på."

Cristina gav et betænkeligt udtryk.

"Er du sikker på, at du ikke vil have, at jeg holder en fest for dig eller sådan noget? Det skal nok fungere bedre."

"Jeg er ikke interesseret i at holde en fest," svarede han og lænede sig tilbage i stolen. "Undskyld, jeg spurgte lige. Det var upassende."

Hun tænkte sig om et øjeblik.

"Hvor mange penge vil du tilbyde?"

"Det kommer helt an på."

"Af?"

"Fra det arbejde, du vil gøre," sagde han. "Jeg har aldrig ansat en model før. Men jeg ved, at det ville hjælpe med mit forfatterskab."

"Nå, det vil jeg huske på."

"Gør det ikke. Det var en fejl at spørge. Hvis du ikke har noget imod det, vil jeg gerne spise nu. Jeg har andre ting at lave senere."

"Det vil jeg gøre!" Christina knipsede.

"At?"

"Modeljobbet, du tilbød mig. Ingen vil vide det, vel? Det forbliver strengt mellem os, ikke?"

"Det er rigtigt," indvilligede han. "Der vil ikke være nogen registrering af det. Jeg har bare brug for inspirationen."

"Jeg er interesseret."

Paul gav et let suk.

"Jeg tror ikke, du forstår. Jeg var forhastet med mit tilbud. Jeg tror ikke, min smag er til dig."

"Hvorfor ikke?"

"Fordi du så så utilpas ud i dominansrummet."

Cristina var lidt forundret.

Pludselig indså hun, at Paul ledte efter inspiration til sine dominanshistorier.

Men uanset det tænkte han på penge.

"Det kan jeg lære at være tryg ved," svarede hun. "Giv mig bare tid. Så længe ingen ved det, har jeg det godt."

Paul gav ham et langt, skeptisk blik.

"Som du vil. Meld dig her i morgen klokken halv ni om morgenen. Vi finder ud af tingene fra da af."

"Tak skal du have."

Cristina rejste sig og rakte hånden frem til et håndtryk.

Paul rakte ud og gav hende hånden.

KAPITEL 10

Senere samme aften.

Cristina var i køkkenet og lavede mad til næste dag.

Hun vidste, at hun ikke ville nå at gøre det næste dag, da Paul forventede, at hun var der klokken halv ni om morgenen.

Efter at alt var forberedt, så Cristina sig selv i spejlet.

Hun spekulerede på, om hun var smuk nok til at stå model for Paul.

Han spekulerede på, hvilke overraskelser der ville være i rummet.

Om det ville være sødt eller ej.

Og han undrede sig over, hvor mange penge vi talte om.

Paul havde altid været generøs med økonomiske betalinger.

Mest af alt undrede hun sig over, hvor meget dominans Paul ønskede at se.

Cristinas rationelle side styrede situationen: penge er gode.

Og det vil ingen nogensinde vide.

Min lille hemmelighed med Paul.

Hun klædte sig af og prøvede nogle smukke outfits foran soveværelsesspejlet.

Hun besluttede sig endelig for en simpel gul kjole.

Det var ikke for afslørende.

Og han var heller ikke for sart.

Det var det glade medie.

Hun børstede sit hår og tænkte på, hvor meget makeup hun skulle have på.

Så hun besluttede at lade være.

Det ville gøre situationen for akavet.

Alt var klar.

Hun var klar til arbejde.

KAPITEL 11

Morgenen den næste dag.

Cristina dukkede op i Pauls hus klokken kvart over otte.

Hun ville sikre sig, at det var forberedt på forhånd.

Hun havde sin gule kjole på.

Hendes hår var pænt stylet, og hendes ansigt var rent for makeup.

Hun var allerede naturligt smuk.

Efter Cristina havde anbragt madbeholderne inde i køleskabet i køkkenet, sad de sammen i det private værelse på træapparaterne.

"Hvad har du i tankerne?" spurgte Christina.

"Det kommer an på. Hvad er dine grænser?"

Christina trak på skuldrene.

"Jeg ved det ikke. Jeg har aldrig gjort den slags før."

"Så må vi vel hellere finde ud af det."

Cristinas øjne fejede kortvarigt rummet igen.

Det var det kedeligste rum i huset.

Væggene var glatte.

Men der var gamle enheder af forskellige størrelser og former.

De så alle så skræmmende ud.

"Jeg vil holde et åbent sind," sagde han. "Men jeg kan ikke lide smerte. Og jeg vil ikke have, at du presser mig for hurtigt. Der er ingen grund til at skynde sig. Okay?"

Han var enig.

"Tak fordi du var klar. Du skal vide, at jeg er en meget tålmodig mand. Jeg har gjort det i mange år med utallige underdanige kvinder. Jeg rykker aldrig længere, medmindre hun er klar."

Disse ord sendte en mærkelig følelse ned ad Cristinas rygrad.

Jeg kunne ikke lade være med at tænke på udtrykket "underdanige kvinder".

I løbet af få øjeblikke indså hun, at hun meget vel kunne være i samme position som de 'underdanige kvinder'.

"Okay," indvilligede hun. "Tak. Så hvordan skal vi starte?"

Paul rejste sig og gik langsomt rundt i lokalet og kiggede på hvert af apparaterne, mens Cristina sad i en anstendig stilling.

Han så på hver enhed på en måde, der gjorde Cristina nervøs.

"Har du nogensinde været bundet før?" spurgte Paul.

Christina rystede på hovedet.

"Tydeligvis ikke."

"Vil du gerne være?"

"Ved ikke."

Han pegede mod træbordet.

"Hvorfor ikke prøve?"

"Jeg ved det ikke," trak hun nervøst på skuldrene.

"Er det for meget for dig? Jeg har brug for at se noget for at blive inspireret. At se dig sidde der, vil ikke hjælpe mig meget."

Cristina rejste sig langsomt og tog en dyb indånding.

"Jeg vil gøre, hvad du vil."

"Er du sikker? Cristina, jeg vil ikke have, at du gør noget, du ikke er tryg ved. Jeg kan finde andre måder at betale dig tilbage på."

Hun tog endnu en dyb indånding.

"Nej, det er jeg sikker på. Vi nåede til enighed om at modellere, og jeg agter at komme videre."

"Er du sikker?"

"Ja, helt."

"Så læg dig ned," sagde Paul og pegede på træbordet.

Bordet så smerteligt ubehageligt ud.

Det så gammelt og rustikt ud.

Men den var lav nok til, at en person nemt kunne ligge på den.

Der var gamle metalstænger på hver side af bordet, hvilket gav Cristina en ubehagelig følelse.

Hun lagde sine følelser til side og lænede sig tilbage på bordet.

Det var smertefuldt og ubehageligt, som hun forventede.

Hun var overbevist om, at bordet var designet til tortur, ikke fornøjelse.

Han undrede sig over, hvordan nogen kunne have glæde af sådan noget.

Han lagde sig midt på bordet og kiggede direkte op i loftet.

"Jeg skal binde dine håndled," sagde han og rejste sig på hendes hoved.

Hun tav et øjeblik, mens hun så på skikkelsen af Paul, der stod over hende.

"Okay," svarede hun og holdt sine håndled op. "Frem."

Paul tog forsigtigt hendes håndled og førte dem hen til metalstangen på bordet.

Baren var kold, som hun forventede.

Teksturen mod hendes hud var ikke særlig glat, hvilket var et tegn på, at stangen var blevet lavet for længe siden, før moderne maskineri.

Hun mærkede sine håndled bundet til stangen med et tykt reb.

Cristina gad ikke kigge.

Hun holdt blikket på loftet.

"Gør ondt?" spurgt.

"Jeg har det ikke godt."

Hans skridt blev hørt på tværs af lokalet.

Cristina gad ikke se på Paul.

Men han spekulerede på, hvad Paulus måtte tænke.

At se hende i en smuk kjole, med håndleddene bundet, må være spændende for Paul, tænkte han.

"Fortæl mig det igen," sagde han. "Hvad er din grænse?"

Hun slugte.

"Bare ikke såre mig."

"Må jeg åbne din kjole?" spurgte han sagte.

"Nej, ikke det."

"Så har du vel andre grænser," svarede han med en lille morskab.

"Jeg tror."

"Må jeg røre dig?" spurgt. "Det er helt fint, hvis du nægter. Men da vi er nået så langt, ser du bestemt attraktiv ud."

"Hvis du vil," svarede han fåragtigt.

"Det handler ikke om, hvad jeg vil. Det handler om, hvad du er tryg ved."

Han kæmpede med sine tanker et øjeblik.

"Jeg er tryg ved det. Det er fint. Gå videre, hvis du vil. Jeg mener, jeg er tryg ved det."

"Er du sikker, Cristina? Jeg vil ikke presse dig, hvis du ikke har det godt."

"Så længe du ved..."

"Så længe det kompenserer dig økonomisk?" spurgte han halvt underholdt.

Hans tonefald og frasering gjorde Cristina endnu mere utilpas.

"Ja," svarede hun.

"Det behøver du ikke bekymre dig om".

Cristina forventede noget mere sarkastisk grin som svar, men Paul var færdig med at tale.

Han gik hen til hende, mens hun fortsatte med at ligge på bordet.

Cristina så ham kigge på hendes krop.

Hun var tydeligvis nervøs.

Hun vidste ikke, hvad han planlagde.

Hans øjne festede sig og vandrede hen over hendes krop.

Endelig blev det besluttet.

Og han gjorde sit træk.

Paul rakte ned og rørte ved Cristinas knæ.

Det var en pludselig berøring, der overraskede hende.

Hun rystede.

"Er du okay, Christina?"

"Jeg har det fint. Det havde jeg bare ikke forventet."

Han gled sin hånd længere ned på hendes lår.

Hans hånd gled dybere, indtil den var under hendes gule nederdel.

Det generede Cristina, men det fik hende også til at krible mellem benene.

Hans øjne forblev fokuseret på loftet.

"Har du noget imod, hvis vi fortsætter videre?" spurgt. "Vi er allerede nået så langt."

"Gå videre. Jeg er ligeglad."

"Er du sikker?"

"Jeg er sikker."

Paul løftede Cristinas nederdel og skubbede hende op.

Hendes trusser var blotlagt.

Paul gled sin hånd ind under Cristinas trusser.

Naturligvis rystede hun igen, men standsede selv.

Pauls hånd gned sig i skridtet.

Cristinas krop og fødder spændte.

"Du skal slappe af," sagde Paul. "Ellers vil det ikke gøre meget godt."

"Godt."

Cristina gjorde sit bedste for at slappe af i sin krop.

Hans øjne forblev på loftet.

Hun var for flov til at se på Paul.

Hun tillod ham simpelthen at stryge hendes skridt.

Hun gispede, da Paul legede med sin klit.

Det var et skridt, han ikke havde forventet.

Hans naturlige instinkt var at række ud og trække Pauls hånd væk, så dække sig selv og derefter slå Paul hen over ansigtet, men rebene omkring hans håndled var stramme.

Hun rykkede blidt, men uden held.

"Forsøger du at komme ud?" spurgte Paul. "Hvis du vil ud, så sig det bare til mig, så løsner jeg dig med det samme."

"Undskyld. Det var et knæfald."

"Jamen, lad være med at reagere sådan. Det er ikke den reaktion, jeg ønsker."

"Det er fint, jeg er ked af det."

Pauls fingre bevægede sig i en rasende cirkulær bevægelse hen over hendes hævede klit.

Cristina havde intet andet valg end at gispe.

Hun var for chokeret til at rumme sine følelser.

Fingrene stoppede ikke.

Det var en dejlig fornøjelse.

Hun lukkede øjnene og hyggede sig i Pauls fornøjelse.

Det var en prikkende fornemmelse, der strømmede gennem hendes krop.

"Jeg kan fortælle, at du er tæt på," sagde han. "Slap af. Det er næsten slut."

Med lukkede øjne tillod Cristina sig selv at nyde Pauls fingre, mens de glædede sig over hendes sarte lille klit.

Der gik øjeblikke, før Cristinas fingre stivnede.

Korte gispende lyde undslap hendes læber.

Hans øjne klemte sig sammen.

Hans muskler trak sig sammen.

Det var en velfortjent orgasme for alt stress i hendes liv.

Til sidst slappede hendes krop af, og Paul fjernede sin hånd fra hendes trusser.

Han flyttede hendes kjole tilbage til dens rigtige position.

Hun klappede Cristina på låret, som om hun havde gjort noget rigtigt.

"Du nød det bestemt," sagde Paul, da han begyndte at løsne hendes håndled.

Cristina følte sig fri.

Hun rettede sig op og gned sine håndled, som var lidt røde og smertefulde fra rebet.

Den orgasmiske følelse hjalp med at modvirke smerten.

"Jeg kunne lide det," svarede hun. "Det var dejligt. Rigtig dejligt. Gud, jeg har ikke haft det sådan i lang tid. Jeg mener, ikke så godt som du gjorde."

"Jeg er glad for, at du nød det. Det bragte en masse minder frem, som vil hjælpe mig med mit forfatterskab. Du var en vidunderlig lille inspiration for mig."

"Jeg er altid glad for at være til din tjeneste."

"Fremragende," var han enig. "Jeg vil være sikker på at tilføje en bonus til din check i slutningen af måneden. Jeg tror, du har tjent fem tusinde dollars ekstra for dette."

Overraskende nok følte Cristina en følelse af skam.

Hun vidste, at Paul mente det godt.

Han satte pris på de ekstra fem tusinde, hvilket var meget mere, end han havde forventet.

Men en skyldfølelse invaderede hende, som om hun lige havde solgt sin krop og sin seksualitet for nemme penge.

Det fik hende til at føle sig uren og beskidt.

"Jeg er ikke en hore," udbrød hun og fortrød det øjeblikkeligt.

"Det har jeg aldrig sagt, du var."

"Jeg er ked af det," svarede hun. "Jeg sætter virkelig pris på alt. Men jeg har aldrig brugt min krop sådan her, du ved, til at tjene penge."

Paul rystede på hovedet, skuffet over sig selv.

"Vær ikke ked af det. Det er min skyld. Jeg blev hastet med dig. Jeg skulle ikke have bedt dig om at stå model for mig."

Cristina rejste sig og fiksede sin kjole.

"Jeg nød det," sagde han. "Det gjorde jeg virkelig. Men det var lidt underligt for mig. Måske kan vi gøre det en anden gang næste gang? Bare lidt langsommere."

"Det tror jeg ikke. Det er tydeligvis ikke noget for dig."

Cristina gav et genert blik, da fornemmelsen af orgasme stadig strømmede gennem hendes krop.

"Jeg laver din frokost nu," sagde han.

"Jeg kan gøre det selv. Du kan gå."

Hun nikkede lydigt.

"Jeg er glad for, at vi gjorde det her."

"Også mig," svarede han. "Men vi burde aldrig gøre det her igen. Vi ses på mandag."

Cristina nikkede, velvidende at Paul allerede havde taget en bestemt beslutning.

Nu var der en subtil kejtethed mellem dem.

Efter at have udvekslet et par ord mere gik hun og spekulerede på, hvad Paul tænkte om hende.

DET NYE JOB

55

KAPITEL 12

Senere samme aften.

Cristina satte sig ved sin computer og søgte efter måder at få nye kunder på.

Han sendte mindst et dusin e-mails til forskellige virksomheder for at promovere sin cateringvirksomhed.

Jeg forventede ikke meget af et svar, men det var et forsøg værd, og jeg havde intet at tabe.

Telefonen ringede.

Det var hans mor, der ringede for at tjekke igen.

De lavede deres sædvanlige småsnak, og der var ikke meget at sige.

"Det er svært at drive min egen virksomhed," beklagede Cristina.

"Forventede du, at det ville være nemt?"

"Jeg ved ikke, hvad jeg forventede. Jeg gider ikke arbejde hårdt. Jeg elsker at lave mad til andre mennesker. Men gud, jeg har brug for flere kunder."

"Efter min erfaring er forretning, hvem du kender," svarede hans mor. "Meget forretning kommer fra personlige forbindelser. Så kom derud og prøv at møde nye mennesker i stedet for at søge online."

"Det giver mening, tror jeg."

"Jeg tror? Hvornår tager jeg fejl?"

"Ved ikke."

"Lyd ikke så deprimeret, Cristina," sagde hendes mor. "Mange mennesker kæmper med en ny forretning. Bare bliv ved med at prøve."

"Tak mor."

"Hvordan går det med Paul? Betaler han dig stadig pænt?"

"Det er kompliceret," sukkede Cristina. "Men ja, han betaler stadig godt."

"Han virker som en kompliceret fyr."

"Du kender ikke halvdelen af det."

Der var en pause i telefonen.

"Har han prøvet noget med dig?" spurgte hendes mor forsigtigt.

Cristina var hurtig til at lyve.

"Nej. Selvfølgelig ikke."

"Du kan fortælle mig sandheden. Jeg er her for dig."

"Mor, han er ikke min type. Hvis han nogensinde lavede et træk, ville jeg slå ham i hovedet med det, jeg lavede den dag."

"Det lyder som ånden i den Cristina, jeg kender," grinede hendes mor.

"Hypotetisk set, hvad hvis jeg gjorde det? Jeg mener, hvordan ville du have det med det?"

"Hvis Paul tog et skridt?"

"Ja," svarede Christina. "Hvordan ville du have det?"

Der var endnu en pause på linjen.

"Det er vel op til dig. Hvis han bad dig ud, er det din beslutning."

"Virkelig?"

"Det er din beslutning, Cristina. Men hvis han skulle prøve at røre ved din numse i køkkenet, så vil jeg foreslå, at du hælder noget af din berømte varme sauce på hans hoved."

"Selvfølgelig gør jeg det," svarede Cristina med en sarkastisk stemme.

"Du ser ud til at have noget på hjerte."

"Ikke mere. Tak mor, du er den bedste. Jeg er nødt til at forlade dig."

"Farvel jeg elsker dig."

"Jeg elsker også dig mor."

Opkaldet sluttede, og Cristina lænede sig tilbage i sin stol.

Hun tænkte på Paul og den orgasme, hun fik den dag.

Han huskede stadig følelserne tydeligt.

Hver berøring, hver følelse.

Følelsen af hårdttræ mod hendes krop.

Følelsen af Pauls hånd mod hendes fisse.

Og frem for alt orgasmen.

Domination var aldrig hans ting, men det føltes godt.

Han søgte på nettet og slog forskellige ord op.

Det fik hende til at føle sig som en universitetsstuderende igen, da hun forskede.

Han foretog flere søgninger på slaveri og dets fornøjelser.

Hun kiggede på forskellige billeder.

Det vækkede hende igen, og hun gled en hånd ned i sine trusser.

KAPITEL 13

Mandag om morgenen.

Cristina gjorde en indsats for at se godt ud, da hun gik til Pauls hus.

Hun var iført en blå kjole og hendes hår var pænt redet.

Paul var ikke meget opmærksom på hendes udseende, da han åbnede døren for at lukke hende ind.

"Vi kan tale?" spurgte Christina. "Om forretninger mener jeg."

"Selvfølgelig."

"Fantastisk. Vent."

Cristina stillede maden i køkkenet og gik hen til den rummelige stue, hvor Paul havde siddet.

Hun sad over for ham.

"Jeg har tænkt meget i weekenden," sagde han. "Om vores forhold."

"Også mig," sagde han og lod hende ikke afslutte sine tanker. "Jeg synes, vi skal få det overstået. Det er klart for mig, at vores forretningsforbindelse er blevet kompromitteret. Jeg er allerede begyndt at lede efter en afløser til mine husholdningsbehov."

Cristina frøs et øjeblik, da nyheden langsomt sank ind i hende.

"Hvad? Nej. Det var ikke det, jeg ville."

"Jeg tror, det er det bedste," svarede han. "Du er en strålende ung kvinde. Du vil finde din plads i denne verden."

Det forbløffede blik forblev i hendes ansigt. "

Det var ikke, hvad jeg forventede at høre. Jeg troede, at vores samtale ville blive meget anderledes."

"Hvad havde du forventet?"

"Jeg kom her for at fortælle dig, at jeg var interesseret i at fortsætte, du ved, hvad vi lavede i fredags."

Han buede et øjenbryn.

"Virkelig? Og hvorfor vil du det?"

"Behøver jeg virkelig at sige det?"

"Ja."

Hun tog en dyb indånding.

"Det er klart, at jeg nyder at arbejde her. Jeg nyder fordelene. Jeg synes, du er en fantastisk chef, det bedste, jeg kunne have. Og det, vi lavede i sidste uge, på værelset, kunne jeg virkelig godt lide. Jeg tror, jeg var bange i starten, men jeg tænkte hårdt, og jeg ville ikke have noget imod, hvis vi fortsatte."

"Interessant."

"Så du tænker?" hun spurgte.

"Du er ikke så genert, som jeg troede. Jeg ville aldrig have forventet, at du ville komme og direkte sige disse ting til mig. Jeg er imponeret."

Hun smilede, "tak."

"Hvad skal der så ske?"

"Jeg ved det ikke," trak han akavet på skuldrene. "Det er op til dig. Men jeg vil gerne have, at vores forretningsforbindelse fortsætter."

"Vær modig, Cristina. Fortæl mig, hvad der derefter sker. Lige i dette øjeblik. Jeg vil gerne vide, hvad du tænker på. Overrask mig."

Hun samlede mod og gav Paul et blik af beslutsomhed.

Hendes læber pressede sammen og hendes næse rykkede lidt.

Hendes øjne var rettet mod Paul, som var stoisk og ventede på, at hun skulle gøre noget modigt.

Cristina rejste sig og børstede sin kjole med hænderne.

Hans fingre viklede sig om stropperne på hendes kjole.

Hun skubbede stropperne til side og bevægede sin krop, så kjolen faldt på gulvet.

Hun stod foran Paul i sin hvide bh og trusser, med sin smukke kjole om anklerne.

"Hvad laver du?" spurgte han uden følelser.

"Jeg viser min dedikation til jobbet."

"Måske har du misforstået mig. Jeg tror ikke, det er den rigtige vej for dig."

"Du siger ikke, at jeg skal stoppe," svarede hun. "Og jeg hører dig heller ikke klage."

Pauls øjne vandrede hen over hendes letpåklædte krop.

Hun havde en gennemsnitlig bygning, lidt slank.

Små bryster og smalle hofter.

Det var tydeligt, at han sjældent trænede, da hans muskeltonus var svag.

"Du er ret attraktiv," bemærkede han.

Hun tog sin kjole af og tog flere skridt frem, indtil hun stod lige foran Paul.

"Her er aftalen," sagde han dristigt. "Den nye aftale. Jeg vil være din eksklusive udbyder. Jeg vil også være din model, når du synes, det er nødvendigt. Du kan få mig til at komme, hvis du vil. Hvis jeg har det rigtig godt, giver jeg tjenesten gratis tilbage. "

Han løftede et øjenbryn.

"Vil du gengælde tjenesten?"

"Jeg får dig til at komme. Gratis. Jeg er ikke en prostitueret. Tænk på det som en erkendtlighed fra en taknemmelig modtager."

"Lyder som et usædvanligt forretningsforhold."

"Vi er alligevel allerede gået over stregen," sagde han.

"Jeg bliver nødt til at overveje det."

Cristina rakte ned og tog fat i Pauls håndled og førte hendes hånd til hendes trusser.

Han rørte ved ydersiden af hendes trusser og gned mellem hendes ben.

"Tænk hurtigt," sagde hun. "Ellers trækker jeg tilbuddet tilbage."

Han gav et halvt smil.

"Den modige nye Cristina. Jeg kan lide den."

"Også mig."

Paul pressede fingrene hårdere mod Cristinas trusser.

Hun stønnede ved den varme berøring.

Hun stønnede endnu mere, da Paul gled sin hånd ind i hendes trusser og rørte ved hendes bare fisse.

Hun var ophidset, og det var der ingen tvivl om.

"Du er våd," bemærkede han og kiggede på hende.

"Jeg ved."

"Tag din bh af. Lad mig se dig."

Cristina rakte ud for at hægte sin bh af og smed den på sofaen.

Hendes muntre små bryster blev sluppet.

Hendes brystvorter var lyserøde og små.

De blev hurtigt hærdet af den kolde luft og den åbenlyse seksuelle ophidselse.

Hun modstod trangen til at dække sine bryster med hænderne, fordi hun altid havde følt sig usikker på brystet.

Men hun prøvede at være modig og skubbede brystet frem.

"Du kan lide dem?" hun spurgte.

"Jeg elsker enhver kvindes bryster. Hver enkelt er unik og speciel på sin egen måde. Dine er ingen undtagelse. De er dejlige."

"Tak min Herre."

" Herre?" spurgte han retorisk. "Jeg tror, du ved, hvad jeg kan lide."

"Og hvad kan du lide?" spurgte hun fåret.

"Ejendom."

"Åh..."

Paul brugte begge hænder til at trække Cristinas trusser til gulvet og efterlod pigen helt nøgen fra top til tå.

Han rejste sig og tog Cristina i hånden.

"Følg mig," sagde han. "Der er noget, jeg gerne vil vise dig."

Han førte Cristina ned ad gangen, mens han holdt hendes hånd på en romantisk måde.

Cristina var nervøs, men blev ved.

Hun vidste, at de var på vej mod trældomsrummet.

Idéen gjorde hende spændt og nervøs.

Døren stod på klem, og Paul åbnede den.

Han tændte lyset, og de gik ind.

Luften var kold, hvilket gjorde Cristinas brystvorter endnu hårdere.

Hendes blik flakkede rundt om hende, og hun undrede sig over, hvad Paul havde planlagt.

"Du har et nyt sæt af ansvar," sagde Paul. "Jeg forventer fuldstændig lydighed. Jeg forventer, at du altid er nøgen. Forstået?"

"Ja, jeg forstår."

"Læn dig over bordet," sagde han. "På din mave. Jeg vil binde dig. Jeg vil have, at du kommer igen."

"Ja Hr."

Cristina kiggede på det skræmmende bord.

Det var et andet bord end før.

Men det virkede lige så ubehageligt og smertefuldt.

Træet så gammelt ud, og metalrammen også.

Der var ingen grund til at klage.

Hun gjorde som hun fik besked på og lagde sine bare bryster og mave på træbordet.

Det var mere ubehageligt, end jeg havde forventet.

Træet var køligt og sved i hendes følsomme brystvorter.

Hans øjne kiggede mod jorden.

Hun hørte Paul gå rundt i rummet, før hun kom hen til hende.

"Jeg vil binde dig," sagde han. "Slap af i dine arme og ben. Dette er en simpel proces, hvis du er rolig."

"Godt."

"Er du sikker på, du vil have det her?"

"Ja," svarede hun.

"Fordi?"

"Fordi jeg vil sperme igen."

Christina fik ikke svar.

I stedet mærkede hun Paul binde hver af hendes ankler til bordets kolde metalstel.

Det var ubehageligt og lidt skræmmende.

Hver knude var meget stram.

Rebet var tykt, hvilket gjorde ondt på hans hud.

Den samme proces blev udført på hans håndled.

Hver dukke blev bundet til metalrammen på samme måde.

Da han var færdig, var hans ankler og håndled bundet fast til bordet.

Hun lå med forsiden nedad med sin bare mave og hendes bryster presset hårdt mod træoverfladen.

Det var en ganske skræmmende følelse at vide, at hun havde givet Paul absolut magt over sin krop.

Hun var tydeligt og fuldstændig hjælpeløs.

Noget ramte hendes bare bund.

Det føltes hårdt, men samtidig blødt.

Jeg var ikke sikker på, hvad det var.

Så mærkede hun Pauls fingre børste hende bagved.

"Har du noget imod, hvis jeg rører ved dig sådan?" spurgte han og vidste svaret.

"Ingen."

"Godt. Jeg kan godt lide din hud. Du er meget øm..."

Pauls hånd vandrede hen over hendes underdel og mærkede hver eneste kurve.

Han masserede hver af hendes balder med sine stærke hænder.

Så mærkede hun noget hårdt røre ved bunden igen.

Den havde en glat buet overflade.

"Hvad er det?" hun spurgte.

"Det er en vibrator. Har du nogensinde brugt en før?"

"Ingen."

"Vil du gerne mærke det?"

"Det er jeg åben over for."

"God pige."

En pludselig summen lød i rummet og sendte et gys ned ad Cristinas rygrad.

Hans øjne forblev rettet mod jorden, mens han lyttede til summen.

Hendes krop rykkede voldsomt i det øjeblik, hvor summen rørte spidsen af hendes klit.

Det var smertefuldt, på en dårlig måde og på en god måde.

Hun prøvede at bekæmpe den og kæmpede mod rebene, hvilket var nytteløst.

Summen stoppede.

"Skal vi afslutte det her?" spurgt.

"Nej. Vær venlig, nej. Jeg holder op med at bevæge mig."

"Styr dig selv Cristina."

Brummen vendte tilbage, da vibratoren blev aktiveret igen.

Han rørte ved hendes klit, og Cristina gjorde sit bedste for at holde sig stille.

Hun bekæmpede trangen til at kæmpe, da hun accepterede følelsen af vibrationer mod sit mest følsomme område.

Det fik hendes fingre til at krølle voldsomt.

Han sammenbidte tænderne, da hans kæbe lukkede sig.

Hans næver knyttede sig hårdt.

At få sin klit tortureret med en vibrator var det sidste, hun forventede.

Det summede og summede.

Spidsen af vibratoren blev holdt mod hendes klit, indtil hun troede, den ville eksplodere.

Lige før hun var ved at skrige af smerte, flyttede Paul vibratoren og skubbede den ind i hendes kusse.

Det var en surrealistisk følelse.

Det var længe siden, de var gået ind i hende med andet end fingrene.

Vibrationen inde i hendes fisse var en blanding af smerte og nydelse.

Paul skubbede og trak behændigt i sexlegetøjet.

Cristina gjorde sit bedste for ikke at skrige.

"Har du det sjovt med det her?" spurgte han spøgende.

Christina gispede.

"Jeg...jeg...øh..."

"Ja eller nej?"

"Ja! Gud, ja."

Paul skubbede enheden længere ind i Cristinas kusse og fik hende til at gispe mere.

Hun var næsten forpustet, da han kom helt ind i hendes krop.

Hans arme og ben trak i rebene, men til ingen nytte.

Hun var fanget med den kraftige vibrator inde i sin våde skede.

"Er du tæt på?" spurgt.

Hun kæmpede for ord.

"Ja næsten..."

"Løb efter mig, skat."

Vibratoren blev skubbet og trukket ind i Cristinas kusse uden nåde.

Hun forsøgte at slappe af i sin krop, hvilket altid gjorde hendes orgasme lettere.

Hun gjorde sit bedste for at slappe af skedemusklerne fra strækningen, så Paul fik sin vilje.

Hendes orgasme var nært forestående på grund af vibratoren.

Og det var en orgasme i modsætning til nogen, hun havde følt før.

At blive bundet og slået, mens en vibrerende genstand stødte ind i hendes fisse, var en potent kombination.

Cristinas tæer buede sig mere, og hendes næver knyttede sig hårdere.

Hver muskel i hans krop trak sig sammen.

Hendes gisp og støn blev hårdere.

"Åh min gud... Åh min gud... Åh min gud..."

Pludselig blev enheden skiftet til en højere hastighed, og vibrationerne blev meget stærkere.

Cristina skreg af den kraftige vibration, da hun blev skubbet og trukket ind i hendes fisse.

Hun græd.

Hun hulkede derefter ukontrolleret, mens hun nåede sit klimaks.

En bølge af væske fossede inde fra hendes kusse, lavede rod på bordet og efterlod en vandpyt på det hårde gulv.

Der kom flere stød fra kraftvibratoren, indtil væskerne stoppede.

Paul trak vibratoren ud af Cristinas fisse, som gav en høj summen.

Så slukkede han den.

Da det vaginale overfald endelig var overstået, var Cristinas fisse et dryppende rod.

Hendes fugt var som en lille orgasmisk flod.

Hendes fisse glimtede fra hendes vaginale væsker.

Bordet var vådt.

Og væskerne faldt på gulvet som en dryppende vandhane.

Cristina var knap ved bevidsthed, da hun langsomt genvandt sin ro.

Det var langt den bedste orgasme, hun nogensinde havde oplevet i sit liv.

Han hørte Pauls fodtrin nærme sig hans hoved.

Paul lænede sig ned og kyssede hendes hår.

Hun undrede sig over, hvorfor Paul ikke havde løsnet hende endnu.

"Vi er...vi er...færdige..." nåede han at tale.

"Ikke endnu. Kan du huske dit løfte?"

"Hvilken en af dem?" stønnede hun.

"Du sagde, at hvis jeg fik dig til at komme, så ville du gengælde tjenesten. Så hvordan føltes din orgasme?"

"A...fucking...utroligt," udbrød han.

Paul smilede til hende.

"God pige. Nu, har du lyst til at returnere tjenesten?"

"Ja sir. Vil du løsne mig?"

"Jeg kan lide dig i denne position."

Cristina hørte lyden af Pauls bukser, der åbnede sig.

Hun vidste præcis, hvad Paul ville.

Han stod stadig ved siden af hendes ansigt, hvilket betød, at han ikke var interesseret i at kneppe hende, i hvert fald ikke på denne særlige dag.

Hun så op, da Paul kom tæt på hendes ansigt.

Hun så hans hårde pik pege direkte på hendes læber.

Det var tydeligt, hvad han ville.

Med et lystigt hjerte gispede Cristina, da Paul tog endnu et skridt fremad og trådte ind mellem hendes læber.

Der var ingen følelsesproces og ingen tid til at tilpasse sig.

Paul skubbede simpelthen sine hofter frem, så Cristina kunne sutte, som en god sub skal.

"Min Gud. Du har læber som en engel," sagde han, imponeret over, hvad han mærkede på sin pik.

Oralsex var aldrig Cristinas ting.

Hun var aldrig særlig god til det, og det var aldrig hendes præference at gøre det.

Men med Paul var hun ivrig efter at behage ham.

Især med den kraftige orgasmiske fornemmelse, der stadig strømmer gennem hendes krop.

Hans mangel på færdigheder var ikke et problem, da hans krop stadig var bundet til bordet.

Paul gjorde alt arbejdet, og skubbede forsigtigt sine hofter fra side til side.

Det eneste, han havde brug for, var en varm mund at kneppe.

Det eneste, Cristina skulle gøre, var at holde læberne tæt omkring Pauls hårde lem og sutte.

"Fuck, jeg kommer til at komme," knurrede Paul. "Og du kommer til at sluge det."

Hans følelse af kommando var spændende for Cristina, af en grund, hun ikke kunne forstå.

Han mærkede Pauls hænder gned sig gennem hans hår, mens han suttede.

Han mærkede sit lem blive endnu stivere inde i munden.

Hun gjorde sit bedste for at bruge sin tunge på hans lem, som hun altid havde fået at vide, føltes godt.

Hanen sank ind i hendes mund og fik hende til at kneble.

Gag -refleksen var forfærdelig.

Men Paul forestillede sig, hvor meget Cristina var i stand til at tage, så han pressede aldrig for hårdt på.

Det var tegn på en professionel, tænkte hun ved sig selv.

Hun så, mens Paul strøg sig selv til orgasme, mens spidsen af hans erektion stadig var inde i hendes mund.

Hun holdt læberne tæt omkring ham.

Paul knurrede, mens han strøg hende rasende.

Sekunder senere var hendes tunge dækket af Pauls sperm.

Sprøjt efter sprøjt.

Det havde en anden smag.

Hun slugte hårdt for at forhindre, at hendes mund løb over.

Sekunder senere stoppede sædstrømmen, og Cristina slugte det hele.

"Min Gud," sagde Paul og trak sin pik ud af munden. "Det var vidunderligt. Hvor har du lært at sutte sådan?"

Han bøjede sig et øjeblik, før han rejste sig for at lyne sine bukser op.

Så bøjede han sig ned for at løse Cristina.

Da hun blev løsladt, strøg hun sine egne håndled og ankler, som havde mørkerøde aftegninger.

Hun indså hurtigt, at hun stadig var helt nøgen, og hun var ligeglad mere.

Hun kunne godt lide at være nøgen foran Paul.

"Jeg nød virkelig hele oplevelsen," bemærkede han selvsikkert.

Paul rørte ved hendes hals og kyssede hendes pande, så mere på hendes kinder.

Til sidst plantede han flere kys på hendes hår.

"Også mig. Vores partnerskab kommer til at fungere godt. Tænk på alle de muligheder, vi kan dele sammen."

"Jeg ved."

"Du er som en sommerfugl, der vokser for mine øjne," sagde han.

"Det er alt sammen på grund af dig," smilede han. "Nu, hvis du vil undskylde mig, så lavede jeg noget helt særligt til frokost. Du vil elske det. Jeg er sikker på, at du har fået en appetit, så jeg må hellere lave det nu."

Cristina rejste sig og gik nøgen hen til døren.

Der var tillid til hans gang.

Hun elskede at være nøgen.

Det var sjovt.

Væsker dryppede ned af hendes ben.

Smagen af sæd var stadig i hendes mund.

Så stoppede hun, da hun kom til døren, og vendte sig mod Paul, stolt af sin nøgne krop.

Hun sagde til ham, at han ikke skulle bekymre sig om rod i stuen, at hun ville rydde op senere.

Det var en del af hans nyfundne pligter.

ENDE

UNDERDANIG KVINDELIG KOK 2
MESTERKOKKKEN

75

MICHAEL

KAPITEL I

Lige siden hun var lille, vidste hun, at hun ville være kok.

Jeg arbejdede meget hårdt for at få den drøm til at gå i opfyldelse og fik endelig alt, hvad jeg nogensinde havde ønsket mig, da mens jeg serverede måltider for Paul, anbefalede han mig, og jeg fik stillingen som køkkenchef på en af de bedste restauranter i New York.

Men at komme til toppen havde sine bivirkninger på mit personlige liv.

Som 28-årig har jeg meget få venner, og selvom jeg har haft et par kærester, havde ingen af dem seriøse kærlighedsinteresser.

Jeg mødte Michael og hans ældre bror Tony på et lokalt landmandsmarked, som jeg ofte går til.

De var medejede af en foodtruck og indrettede butik på landmændenes marked hver uge.

Omkring et år efter at have mødt dem, blev Tony tilbudt en stilling som køkkenchef på en lokal restaurant, og Michael ønskede ikke at køre food trucken alene.

En kok fra min restaurant forlod for nylig for at få en ny chance.

Så jeg hyrede Michael til at erstatte ham.

Vi arbejdede meget godt sammen fra begyndelsen.

Vi formåede at bevare et arbejdsforhold, selvom jeg var meget tiltrukket af ham.

De fleste ville sige, at Michael var normal af udseende.

Jeg syntes dog den var smuk.

Michael er cirka 1,80 høj og vejede måske 85 kilo.

Han har kort, rodet, sort hår.

Han har et halvt skæg hele tiden og har smukke nøddebrune øjne.

KAPITEL II

Efter at have lukket restauranten for natten, gik Michael, jeg selv og et par andre fra restauranten ofte ud, spiste middag og drak vin for at slappe af efter en lang dag på arbejde.

Han er virkelig sjov.

Så jeg håber, jeg kan lade være, når tiden kommer.

Michael og jeg sneg os ud og løb fra tid til anden, når vi kunne.

Jeg elsker at løbe med ham.

Han er ofte skjorteløs og hans sved skinner på kroppen.

Jeg tænker på, hvordan jeg ville elske at køre min tunge hen over hans svedige krop.

Jeg forestiller mig, at vi begge er varme og svedige, mens vi knepper.

Men jeg var nødt til at ryste de tanker af mig og fokusere på at løbe, ikke på ham.

Jeg kunne ikke blive blandet ind i et forhold med en, jeg arbejder med, som også er min medarbejder.

Jeg ved i hvert fald ikke, om han kunne lide mig.

Jeg er 5'6, vejer omkring 130 pund, har bølget skulderlangt hår, et par muldvarpe og bærer nu sorte briller.

Jeg er på ingen måde for tynd, jeg er måske sød, men jeg er ikke smuk.

Jeg er ikke, hvad man vil kalde enhver mands drøm, sådan så jeg i hvert fald mig selv.

En dag var vi ved at gøre klar til middag, og Michael var for sød ved mig.

Vi jokede altid og havde det godt i restauranten, men i aften var anderledes.

Hele natten fandt han grunde til at røre mig overdrevent.

Hvis han havde brug for noget, der var ved siden af mig i stedet for at gå for at få det, ville han komme op bag mig og klappe mig bagved.

En gang, da jeg talte med en anden kok, der arbejdede på stationen overfor min, kom han op bag mig og var så tæt på, at jeg kunne mærke hans kropsvarme.

Jeg kunne høre ham trække vejret dybt, da han lugtede mit hår.

Jeg kunne mærke hans ånde på min nakke, som sendte kuldegysninger gennem hele min krop.

En anden gang rakte jeg ud efter noget på de høje hylder, hvilket er et almindeligt problem for små piger som mig, og han kom op bag mig for at hjælpe mig og gned sit skridt mod min numse.

På det tidspunkt var hun ikke sikker på, hvad der var sket med hende.

Men jeg nød det.

Jeg forestillede mig, at han tvang sig på mig, der i køkkenet, og kneppede mig bagfra.

Bare at tænke på det gjorde mig våd.

Jeg prøvede ikke at lade ham vide, at jeg følte det, og jeg bad om, at ingen andre ville bemærke det.

Jeg var nødt til at bevare kontrollen over køkkenet, og jo mere jeg skulle gøre, jo sværere blev det at fokusere på at få disse retter ud til middagstid i tide.

Det lykkedes mig at komme igennem tjenesten med alt serveret godt og til tiden.

KAPITEL III

Vi lukkede op for natten, og Martin, en opvasker, kom ud og efterlod Michael og mig for at gøre rent.

Mit hoved spolerede efter sådan en travl gudstjeneste, og for at toppe det, havde Michael sine hænder og skridt på mig hele natten.

Jeg spekulerede på, hvad det handlede om alligevel.

Han har aldrig været så fysisk med mig før.

Vi joker og driller hinanden, men aldrig noget fysisk.

Vi var færdige for natten og på vej til at møde andre kolleger og kokke på vores foretrukne sted at spise middag og hænge ud efter arbejde.

Vi gik som regel bare der, da det kun var et par gader væk.

Jeg lukkede døren, og vi begyndte at gå ned ad gyden, og jeg mærkede, at Michael lagde sin hånd på min ryg, mens vi snakkede.

Det er fint, tænkte jeg, intet skadeligt her.

Han ser nok bare efter mig.

Vi blev ved med at gå og hans hånd bevægede sig lavere til min numse og klemte.

Jeg vendte mig om og råbte af ham.

"Michael, hvad laver du? Du har fået fingrene i mig hele natten! Jeg har prøvet at ignorere det og troede, at du ville stoppe, eller måske var du ikke klar over, hvad du lavede. Men det her... dette er allerede det." indlysende".

Jeg sagde det og kiggede på ham med mit bedste blik nu skal du svare mig.

Michael så sig omkring, som om han prøvede at finde ordene til at forklare hans adfærd.

Så talte han endelig.

"Cristina ... jeg har kunnet lide dig lige siden vi mødtes på bondens marked. Men jeg kunne aldrig få mig selv til at fortælle dig det. Jeg troede ikke, du ville give en fyr som mig en chance." Michael forklarede.

Jeg afbrød ham og spurgte ham:

"Så du troede, du kunne fortælle mig, at du var interesseret i mig ved at klemme mig i røv?"

"Jeg ved det, men jeg har hørt, at du har en underdanig side, Cristina, jeg er ked af det, det var derfor, jeg kærtegnede din røv." Han holdt en pause og fortsatte så: "Og i morges, på vores løbetur, virkede du så liderlig, at det tog alt, hvad jeg kunne, for ikke at tage dig til et afsondret sted i parken og kneppe dig lige der. Jeg tænker på dig hele tiden. " "

Jeg var gulvbelagt.

Michael tænker på mig og har sex med mig?

Vidste du, at jeg er underdanig og kan lide dominans?

Hvordan kan det være?

Han synes, jeg er sexet og vil kneppe mig?

Og efter al den tid fortæller du mig det?

Jeg har gemt de samme følelser for ham, fordi jeg var bange for at blive afvist, og han var også bange for at blive afvist.

Jeg følte mig fortabt i hendes udtalelse, men jeg følte mig også befriet.

Kan vi gøre dette?

Michael trak mig så tættere på sig og så mig ind i øjnene.

Det var, som om han ledte efter accept og godkendelse.

Hendes mund så så lækker ud, hendes øjne brændte dybt ind i min sjæl.

Så det skete.

KAPITEL IV

Michael trådte sin hånd gennem mit hår og trak mig tættere på og kyssede mig.

Det var en lang, hård, lidenskabelig og meget varm.

Jeg trak mig væk og følte mig svag af følelser.

Jeg kunne mærke mit hjerte hamre.

"Michael, jeg har ønsket mig det her så længe. Jeg kunne også lide dig fra det øjeblik, vi mødtes, og jeg troede ikke, du ville give mig en chance. Så blev vi så gode venner, at jeg ikke ville ødelægge det ." Sagde.

"Cristina, i løbet af denne tid, hvor jeg har arbejdet sammen, har jeg set dig tage ansvaret i køkkenet, kræve respekt, og personalet giver det til dig, fordi du fortjener det. Alle elsker dig. Du er dronningen af køkkenet. Du er en perfekt Domme . Du er ! yndig! Jeg elsker den måde, du gemmer dit hår bag dine søde små ører. Jeg elsker den måde, du synger for dig selv og danser på, når du ikke tror, der er nogen i nærheden eller lytter."

bad Michael.

"Vær venlig ikke at tænke så lidt om dig selv. For det tror jeg ikke."

Så, før jeg vidste, hvad jeg lavede, trak jeg ham mod mig, og vi kyssede igen.

Vores hænder var på hinanden.

Jeg kunne ikke modstå det længere.

Jeg ville have ham.

Jeg havde brug for det

NU!!

Mens vi kyssede og rørte ved, skubbede Michael mig mod bagsiden af bygningen.

Han tog min kokkefrakke af, mens han kyssede og slikkede mit øre og derefter min hals.

Hans hænder gik ned til mine bukser, og han åbnede dem og løsnede dem langsomt.

Jeg lagde mine hænder på hans skuldre for at holde mig i ro.

Han knælede ned, og da han tog mine bukser af, kyssede han min mave, ned til mine hofter og derefter mine inderlår.

Til sidst tog han mine bukser af og smed dem sammen med min frakke.

Mit sind gik en kilometer i timen, mit hjerte bankede hurtigt.

Jeg kunne ikke tro, at dette endelig ville ske.

Og af alle de steder, det kunne være, var det bag restauranten og i en mørk gyde.

Men jeg gad ikke længere.

Jeg ville så gerne have Michael inde i mig.

Min fisse begyndte at dunke og blive våd.

Michael så på mig med vilde øjne og sagde:

"Er du sikker på denne Cristina? Vi kan stoppe når som helst du vil. Bare fortæl mig, okay?"

Jeg prøvede at trække vejret og forsikrede ham:

"Jeg har aldrig været så sikker på noget i mit liv."

KAPITEL V

Han begyndte at kysse mine indre lår.

Efterlader et spor af bløde og ømme kys.

Da han nåede min våde fisse tog han en dyb indånding, og jeg kunne se ham smile.

Han krogede sine fingre under mine røde trusser og gled dem ned for at få dem af vejen for det, der ventede ham nedenfor.

Så begyndte han at kysse over hele min fisse, men rørte den ikke endnu.

Jeg kunne mærke, at han havde det sjovt med at lave grin med mig.

Til sidst, efter et par minutter af dette, kastede han sin tunge ind mellem folderne på min våde fisse og slikkede saften op, der ventede på ham.

Jeg lagde mine hænder i hans hår, og han løftede mit ben over en af hans skuldre for lettere adgang.

Det føltes så godt.

Han slugte min fisse.

Han begyndte en rytme med først at sutte på min klit, så tungen kneppe mit anale hul, så slikke fra mit våde hul til min klit og starte igen.

Han gjorde det igen og igen.

Det føltes så godt.

Jeg ville sætte min tunge og fingre ind i anus.

At han satte mig op ad væggen og tvang mig hårdt, og satte sin pik i min ryg.

Men jeg er aldrig blevet spist sådan før.

Michael var meget god, og jeg nød hvert minut.

Jeg vidste ikke, hvor meget længere jeg kunne tage, før jeg kom.

Så stak han en finger ind i mig, og gled den ind og ud, mens han suttede på min klit.

Dette fortsatte i et par minutter mere.

Og jeg kunne ikke mere.

"Michael, jeg kommer til at komme, hvis du ikke stopper!"

Han stoppede ikke, han var ubarmhjertig.

Jeg indså, at han ville have mig til at komme.

Så jeg gav endelig slip.

" Aaahhhh , fuck Michael!" Jeg stønnede, da jeg kom over hele hendes ansigt.

Min krop krampede, da bølger af glæde skyllede ind over mig.

Michael mistede ikke en dråbe af mine safter, da han klyngede sig til mig.

Da han begyndte at stige til min højde, begyndte han at kysse sig tilbage til min navle og fjernede derefter langsomt min sorte camisole.

Jeg begyndte at blive nervøs for, at nogen ville lytte til os.

Jeg kiggede begge veje, men jeg så ingen.

Jeg havde allerede taget min røde bh af.

Mine C cup bryster passede perfekt i hans varme hænder, da han klemte dem.

Han begyndte at sutte på mine erigerede brystvorter.

Fra tid til anden bed han dem let og sendte en stråle af glæde ind i min kusse.

Han arbejdede på begge mine bryster, mens jeg kløede hans ryg og hans smukke numse.

Jeg ved ikke, hvorfor vi ventede så længe med at fortælle hinanden, hvordan vi havde det, og nu er vi i en mørk gyde ved at gøre os klar til at kneppe!

Det blev for meget for mig, så jeg trak ham tættere på og kyssede ham.

Han kunne smage mig i munden.

Han var sød, og det føltes meget beskidt og spændende at nyde min juice med ham.

Jeg begyndte at miste mig selv i omfavnelsen.

Jeg følte, at vores sjæle var forbundet på en måde, som jeg aldrig havde følt med nogen før.

Han afbrød mine tanker og vendte mig pludselig om og vendte mod murstensvæggen.

Jeg satte min numse ind, klemte hans skridt og tryglede ham om at gøre det, han havde allermest lyst til.

Han spredte mine ben og knappede sine bukser op.

Jeg kunne mærke, at han gned sin store dunkende pik op og ned af min røv og derefter ned til min fisse.

Stopper ved åbningen af mit køn.

" Michael, tag fat i mig bagfra nu!" Jeg bad ham.

"Er det det, du vil have, tæve? Cristina, fortæl mig, bed mig om at kneppe dig i røven"

Han begyndte langsomt at dykke spidsen af sin pik ned i mit stramme hul og våde sin finger med mine safter, og så ud igen.

Håner mig.

Hans respektløshed tændte mig som aldrig før.

"Ja tak, Herre. Fuck mig. Fuck mig hårdt. Meget hårdt." sagde jeg, mens jeg vendte mig lidt om og kiggede på ham.

Hans øjne var fyldt med lidenskab og begær, for mig.

Pludselig bragede det ind i mig i ét hug.

Han gav mig alt, hvad han havde, de otte centimeter inde i min røv!

Det føltes så godt.

Jeg kunne ikke tro, hvor stort og smertefuldt det føltes indeni mig.

Fylder mig fuldstændig.

" Aaahhhh , fuck! Yeah yeah yeah! Giv mig det! Sværere! Fuck mig hårdere! Smæk mig!"

Han begyndte at klaske mig på balderne, mens han ramlede mig hårdt mod væggen.

Hans pik gled næsten helt ind i min anus af det stærke skub, han gav mig.

Så begyndte han at trække den ud og efterlod kun hovedet inde, og han stødte ind i mig igen.

Det gjorde han flere gange.

Det gjorde mindre og mindre ondt, og fornøjelsen var mere og mere utrolig.

Jeg lænede mine arme mod væggen for at kunne fortsætte med at holde fast i, at han tog mig med denne kraft.

Mens han holdt min talje med den ene hånd og min skulder med den anden, fortsatte han med at kneppe mig hårdt.

Så satte han farten ned, og vi startede en rytme.

Jeg bakkede tilbage og mødte hvert af hans fremstød.

Det var hypnotisk, og det føltes så godt.

Han tog derefter sin hånd fra min skulder, rørte ved min klit og begyndte at arbejde med den, mens han fortsatte med at kneppe min røv.

Jeg følte, at jeg skulle løbe igen.

Men han må have mærket mine muskler spændte og stoppet.

"Du kan stadig ikke komme, tæve, jeg vil gerne komme med dig denne gang Cristina."

Michael hviskede de obskøne ord i mit øre, da han trak sin store pik ud af min udvidede anus.

Så faldt han på knæ og begyndte at kysse min røv, begyndende ved begyndelsen af min røv og sluttede ved mit udvidede hul.

Dette overraskede mig.

Ingen af mine tidligere kærester eller firmaer, så få som de var, havde forsøgt at kysse min røv.

Men jeg havde altid spekuleret på, hvordan det ville føles.

Nu har jeg min chance.

Han tog fuldstændig kontrol over min fisse og også min numse.

Arbejder anus med sin tunge, så indsætter en finger, så to.

Hun tog sig langsomt tid til at forberede det til ham.

Han rakte op og begyndte at lege med min klit.

Mine knæ var ved at blive svage.

Al denne stimulation føltes fantastisk, men den var også overvældende.

"Michael, tak! Jeg vil ikke være i stand til at tage meget mere af det her. Giv mig, hvad du har, og få mig til at komme!" Jeg tiggede og gispede af begær. "Men gør det svært, jeg vil have dig til at dominere mig. Gør hvad du vil med mig."

Michael kiggede forbløffet på mig og gav mig, hvad jeg ville have, hvad vi begge ønskede.

Først puttede han sin pik i min våde fisse for at smøre den igen.

Og så kunne jeg mærke det i mit hul igen. Han skubbede hurtigt hovedet ind og uden at vente på, at det var klar, stak han hele sit lem ind i mig. Det gjorde allerede så ondt, men for pokker, det føltes så godt.

Han mærkede, at jeg blev spændt, og han begyndte hurtigt at gynge frem og tilbage, hvilket gav mig mere og mere dybde hver gang.

Bliver stærkere, vildere.

Det var super varmt.

Jeg mærkede ham slå igen og slog mig, hver gang han skubbede sin store pik ind i mig.

Det føltes udsøgt!

Han mærkede, at jeg blev mere spændt og begyndte at kneppe mig endnu hårdere.

Holdende min talje med begge hænder gled han dybere og dybere ind i mig, indtil jeg kunne mærke hans baller slå mod min våde kusse.

Det føltes så godt.

Vi satte fart, og det tog alt.

Jeg følte mig så mæt.

Han slog min straffede, røde røv igen og igen.

"

Ååååhhhhhhhhh   ... Fuck Michael...sikke en hård pik du har. Det føles så godt, vær sød ikke at stoppe. " Jeg bad ham.

"Tæve, jeg har ingen planer om at stoppe foreløbigt. Du har det for godt, og jeg har ventet længe på det her. Jeg vil kneppe dig, indtil du besvimer." Ne hviskede Michael, mens han slog mig endnu en gang.

Men hans ord var udløseren.

Han begyndte at kneppe mig endnu hårdere og lege med min klit igen.

Jeg kunne bare ikke vente længere og begyndte at komme hårdt.

Der kom ord ud af min mund, som jeg ikke engang er sikker på, var sammenhængende.

Jeg kunne mærke, at han pumpede hurtigere, og hans pik svulmede inde i min røv.

Så slap han sin ladning ind i min røv og fyldte den op.

Så sivede ud af min numse og blandede sig med mine safter, der løber ned ad mine lår.

Han pumpede et par gange mere og sørgede for at lukke det hele inde i mig.

Min krop vred sig af udsøgt nydelse.

Da vi begge var færdige med at nyde vores længe ventede orgasmer, faldt vi til jorden.

Jeg sad der på hans skød og vendte mig om og prøvede at kysse hans ansigt.

Han kiggede ind i mine øjne og jeg i hans smukke nøddebrune øjne.

Både vantro til, hvad vi lige har gjort.

Han gled langsomt af min numse.

KAPITEL VI

Efter et stykke tid gemte Michael mit hår bag mine ører og sagde:

"Cristina, jeg er så ked af, at det tog mig så lang tid at fortælle dig, hvordan jeg har det. Men jeg er glad for, at du har det på samme måde med mig. Jeg har aldrig følt sådan om nogen, så meget som dig."

Da tårerne begyndte at strømme ned over mit ansigt, da jeg aldrig før havde følt mig så glad og forstået, sagde jeg det eneste, jeg kunne.

"Jeg har det på samme måde!"

Vi sad der et par minutter mere og holdt om hinanden, indtil vi hørte nogen komme ned ad gyden.

Vi skyndte os at klæde os på og løb den anden vej, før nogen kunne se os, og knækkede.

Da vi kom til restauranten for at hænge ud med vores venner, var alle allerede meget begejstrede.

De spurgte, hvor vi havde været, og vi fandt på en undskyldning.

Jeg tror ikke, de lagde mærke til de store fjollede grin på vores ansigter eller indså, at vi havde kneppet hinanden grundigt.

Jeg kan ikke vente med at komme hjem til Michael for at gøre det så hårdt igen.

ENDE

UNDERDANIG KVINDELIG KOK 3

97

LYDIA

99

KAPITEL I

Alt har været en hvirvelvind de sidste par uger.

For et par uger siden kneppede jeg kun med Michael i min fantasi.

Men lige siden Michaels første seksuelle møde med mig i gyden bag restauranten, havde alt ændret sig.

Hvad der engang kun skete i mine drømme, var nu sket i det virkelige liv mange gange.

Ud over det fantastiske og dominerende sex, får Michael mig til at føle mig speciel, smuk og ønsket som aldrig før.

Jeg kommer fra en stor familie, som elsker mig meget.

Men de skal elske mig og fortælle mig, at jeg er smuk.

Michael behøver ikke at sige det!

Han sørger for, at han ved, at jeg er en speciel pige for ham.

Michael og jeg bruger så meget tid som muligt sammen.

Vi sover næsten hver nat i hinandens lejlighed.

Faktisk er han her hjemme hos mig lige nu.

Han sover stadig i min seng.

Vi tilbragte en lang og travl nat i restauranten.

Vi undlader at gå ud med andre bagefter, som vi plejer.

Vi har også formået at holde vores romantik under wrap på arbejdet og med vores venner og familie.

Jeg havde ikke tænkt mig at have et forhold til nogen, jeg arbejder med.

Jeg vil gerne sikre mig, at det kommer til at fungere, men jeg er ikke sikker på, hvordan det ville påvirke min autoritet som køkkenchef.

Så jeg vil bare være forsigtig, indtil vi er klar til at fortælle alle.

KAPITEL II

Klokken er otte om morgenen, og jeg har lavet ham til hans yndlingsmorgenmad, siden han var barn, kun med et personligt præg.

Dette inkluderer pandekager kombineret med banan, ananas og valnødder, toppet med flødeskum og pølse ved siden af.

Og jeg har lavet kaffe.

Alle lugtene fra morgenmaden blander sig i luften, så det dufter så godt herinde!

Jeg har ikke andet på end hans T-shirt og mine briller, selvfølgelig.

Mit hår er noget rod fra vores store skide i går aftes, men jeg prøver at bruge mine fingre til at tæmme det lidt.

Jeg har mit yndlingsband , der spiller på Spotify

En af mine yndlingssange spiller overalt i køkkenet.

Jeg svajer fra side til side og fortaber mig i sangens hjerteskærende tekst.

"Du ved kun, hvad jeg vil have dig til at vide. Jeg ved alt, hvad du ikke vil have mig til at vide. Din mund er gift, din mund er som vin. Du tror, at dine drømme er de samme som mine... Åh, jeg ved ikke ved det ikke. Nej, jeg elsker dig, men i morgen vil jeg. Åh, jeg elsker dig ikke, men i fremtiden vil jeg..."

"Hvad mere kan en mand bede om først om morgenen?" siger Michael bag mig og overrasker mig. "Morgenmad, kaffe og en varm pige i min T-shirt," fløjter han til mig.

Jeg vender mig om og ser Michael stå i køkkendøren i sine sorte og grå bukser og et lusket blik i ansigtet.

Hans øjne skinnede som ild, fyldt med begær.

Hendes bløde, lækre læber delte sig lidt, klar til at blive fortæret.

Jeg kan se dens sjove bule, der fører til et lækkert sted, som jeg har lært rigtig godt at kende.

Min mund blev tør og kiggede så guddommeligt på ham.

"Er den klar? Min, jeg er meget sulten." Siger han med et djævelsk smil på læben.

Han ved godt, hvad jeg er sulten efter nu, og det er ikke mad.

Og to kan spille det spil.

"Hvis du taler om morgenmad, så ja." Jeg fortæller ham, mens jeg vender mig og begynder at stille vores tallerkener og kaffekopper op. "Sov du godt? Det ved jeg, jeg gjorde. Jeg sover altid bedre, når du er i min seng. Især efter god sex!"

"Er det sådan du gør? Du må da have sovet meget godt i nat." Det fortæller han med et blink og et skævt smil.

Wow, jeg elsker hans mund og de ting, han gør med den.

Jeg går over til den lille køkkenø, hvor Michael har siddet, og sidder med ham over vores kaffe, derefter vores tallerkener med pandekager og pølse.

Da jeg satte mig ned, sørgede jeg for let at røre ved ham med min numse.

"Faktisk sov jeg rigtig godt i nat, mange tak. Spis nu, min sultne mand!"

Vi sidder ved siden af hinanden og rører let af og til.

Jeg tog en finger og trak den hen over flødeskummet, der dækkede mine pandekager, og slikkede langsomt den af, mens jeg så den hele tiden.

Jeg kunne se ham tumle, og jeg vidste, at jeg kom til ham.

Michael forsøgte dog at skjule det.

Jeg tog et af mine stykker pølse og begyndte at suge saften ud af den.

Jeg nød hvert et fristende øjeblik med at drille ham.

Dette fortsatte i et par minutter mere, indtil Michael ikke kunne klare det mere.

Michael rejste sig og vendte mig rundt på min skammel, så han kunne stå mellem mine ben og se mig dybt ind i øjnene.

Jeg kunne se, at han var meget begejstret.

Hans erektion bulede ud af hans pyjamasbukser, og han kom tættere og tættere på min nu våde fisse.

Han begynder at bevæge sin hånd op til mit ansigt.

Tænkte, at han ville gemme mit hår bag mit øre, som han plejer, før han kysser mig.

Jeg var overrasket over, at han blev ved med at bevæge sig fremad.

Hun læner sig frem, tager noget af flødeskummet fra mine pandekager og fører sine fingerspidser til min mund.

"Åbn den," forlanger Michael.

Han er varm som fanden, når han er dominerende.

Jeg åbner munden og han glider fingeren.

"Sut nu." Han fortsætter med sin strenge stemme.

Jeg gør som han siger til mig og begynder at slikke og sutte hans finger.

Det smagte sødt.

Michael førte sin anden hånd op og ned ad mit lår.

Hun kom tættere og tættere på min stadig mere smertefulde kvindelighed.

Han putter mere flødeskum på fingeren.

Denne gang placerede han den under mit øre, så slikkede han den med sin åh-så bløde tunge.

"Læft armene". Michael fortæller mig.

Igen gør jeg, hvad han forlanger.

Så trækker han min skjorte af mine arme og smider den til siden et sted.

Efterlader mig fuldstændig afsløret.

Mine C cup-bryster er nu blottede, og mine brystvorter stivner, mens den kølige luft fra loftsventilatoren kærtegner dem.

Han fortsætter med at putte flødeskum på mit kraveben, hvor jeg har en tatovering af små fugle, der flyver.

Så slikker han flødeskummet og kysser så hver fugl.

Dette får mig til at smile.

Så bevæger Michael sig ned til mine muntre hvide bryster.

Han tager sig tid til at drille hver brystvorte, slikke og sutter på den ene efter den anden.

Hans mund på mine bryster føles udsøgt, og jeg begynder at stønne, mens han forsigtigt bider ned på dem.

Han fortsætter forsigtigt med at gnide sine hænder på mine inderlår, hvilket giver mig gåsehud over hele kroppen.

Så tager han fat i mig om livet og løfter mig op til disken.

Han må have flyttet min tallerken på et tidspunkt, det lagde jeg ikke engang mærke til.

Så putter han flødeskum tilbage på fingeren.

Han giver mig et blødt, blidt kys.

Jeg vakler ved tanken om, hvor han skal hen med fingeren denne gang.

Så glider han det langsomt ind i min stramme varme fisse.

Han er dog meget sjov med dette spil.

Det kræver al den kraft inde i mig for ikke at miste kontrollen.

Men til sidst bukkede jeg under for hans rytme og lod ham simpelthen onanere min fisse.

Jeg filtrer mine hænder ind i hans hår, mens Michael fortsætter med at invadere min mund med sin tunge.

Jeg begynder at bide og trække i hans underlæbe.

Jeg hører ham stønne.

Michael glider en anden finger ind og begynder at pumpe dem hurtigere og bruger sin tommelfinger til at arbejde på min klit.

Dette er utroligt!

"Michael! Det føles så godt. Ja... Fortsæt sådan." Jeg bad ham.

Jeg tager en af mine hænder og sporer langsomt hendes nakke, skulder, bryst med mine fingerspidser.

Bliv ved med at spore min hånd den vej ned.

Ned ad den sexede vej, der fører mig til det sted, jeg elsker!

Jeg løsner snoren i hendes pyjamasbukser og hiver forsigtigt, mens de falder på gulvet.

Michael kommer ud af dem og sparker dem.

Jeg begynder at befamle hendes perfekte røv.

Jeg kører mine negle ned ad hans ryg og går ned igen for at finde den glade vej igen.

Denne gang fulgte jeg ham hele vejen og viklede mine små hænder om hans store hårde pik og begyndte at pumpe den.

Jo hurtigere jeg pumper hans fede lem, jo hurtigere arbejder hans fingre på min fisse.

" Cristina du er så fucking sexet. Det ved du godt?" sagde han, mens vi fortsatte med at kysse, og mens han fortsatte med at kneppe mig og lege med min klit.

"Ja, jeg begynder at tro på det. Men du får mig til at føle mig sexet." Jeg tilstod, da jeg kæmpede for at forsinke en orgasme, som jeg følte vokse inde i mig.

Michael må have følt, at jeg var ved at komme, da han hurtigt trak fingrene tilbage og begravede sit ansigt i min kusse, mens han fik orgasme.

Han suttede hårdt på min klit og arbejdede med tungen på mine læber.

Da jeg begyndte at komme, fortsatte han med at slikke saften op, der strømmede fra mig.

Jeg klamrede mig til hans hoved og holdt ham på plads i min kusse, mens jeg råbte i ekstase.

Han blev ved med at slikke og sutte, mens min krop begyndte at vride sig, mens bølger af nydelse skyllede ind over min krop.

KAPITEL III

Da min krop begyndte at falde til ro, så Michael på mig med et glimt i øjet og et stort smil på læben og sagde:

"Det er min tur!"

Michael tog fat i mig om livet og trak mig ud af disken.

Sørg for, at jeg er stabil på fødderne, inden jeg sætter mig ned på skamlen.

"Det ville være mig en fornøjelse, sir!" sagde jeg fåragtigt, da jeg begyndte at synke på knæ over ham.

Jeg holdt hans enorme pik i min lille hånd, og så huskede jeg flødeskum.

Jeg tror, han har brug for revanche for spillet fra tidligere.

Jeg rejser mig og han tager fat i mig.

"Hvor tror du, du skal hen?" Han fortæller mig.

"Jeg besluttede, at jeg var sulten efter mere end bare din pik." Jeg svarede med et smil, mens hun søgte efter flødeskummet på sin tallerken.

" Åååååååhhh , det her bliver uudholdeligt og vidunderligt på samme tid. Du er så fræk." Michael svarede og lænede sig tilbage mod disken.

Jeg puttede så noget flødeskum i hendes mund og kyssede hende blidt og slikkede resten af hendes læber.

Så tog jeg noget på hendes brystvorter og suttede på dem.

Jeg gik ind på den glade måde, jeg satte noget på hendes navle og slikkede den ren.

Så tog jeg noget mere flødeskum og lagde det langs hele stien, hvilket bragte mig til mit glade sted!

Jeg begyndte langsomt at slikke ham, frem og tilbage, op og ned, indtil jeg befandt mig på hans store smukke pik.

Michael stønnede allerede nu og sparkede mig, men jeg er ikke færdig med ham endnu.

Jeg tager lidt mere af flødeskummet og lægger det let på spidsen, ned langs skaftet og bunden af hans pik.

Jeg efterlader ham der, mens jeg holder hans baller og begynder at slikke dem af.

Jeg sutter på hver bold, mens jeg ser ham kigge på mig.

Jeg kan se på hans øjne, at han er blevet tortureret nok, så jeg vil ikke være ond mere.

Jeg er endelig opmærksom på, hvad han ville have mig til at gøre, hvad han beder mig med øjnene.

Startende ved bunden tager jeg al flødeskummet til munden med et stort slik.

Så vikler jeg langsomt min mund om ham og tager det meste af medlemmet ind i min mund første gang.

Så begynder jeg at sutte hovedet alene, i et stykke tid.

"Fuck skat! Du er for god ved mig! Din mund er fantastisk!"

Michael kan næsten ikke tale, før jeg tager ham til min mund, hele medlemmet, igen.

Så jeg starter et overfald på hans store pik.

Sutte og slikke sin store pik igen og igen.

Jeg er ubarmhjertig, jeg bringer ham til randen af orgasme, og så stopper jeg.

"Hvad laver du? Jeg var der næsten! Stop ikke." sagde han med brændende øjne.

"Jeg ved bare ikke, om jeg er sulten længere. Du bliver nødt til at tigge mig, hvis du vil have mig færdig." Jeg forklarede, mens jeg let bevægede min tunge på spidsen af hans pik. "Vil du have mere?"

"Ja, jeg vil have dig til at sutte min store fede pik, indtil du får mig til at komme, så vil jeg have, at du drikker min sperm og sluger hver dråbe!" Han beordrede.

Så fortsatte han sagte:

"Venligst og tak!"

"Okay, siden du sagde det så pænt, så giver jeg dig, hvad du vil have."

Så jeg begyndte at sutte hans pik igen.

Jeg var ved at komme ned til hans baller, da det fik mig til at kneble.

Jeg var meget stolt over, at jeg havde formået at holde kvalmen tilbage og satte mig tilbage på hans store pik.

Michael rejste sig og holdt mit hoved, og jeg kunne mærke, at han bankede bag i min hals, mens han kneppede mit ansigt.

Jeg tog fat i hans numse og holdt fast, mens han gik hurtigere og hurtigere.

Jeg kunne mærke, at det begyndte at svulme op i min mund.

Jeg vidste, at han var ved at gøre sig klar til at sprænge sin last i luften, så jeg holdt godt fast.

"Åhhh, ja, fuck Cristina!" Han skreg, mens han fløj sin ladning ind i min mund med stor kraft.

Da jeg tog alt hans sperm og slugte det, knurrede Michael og beordrede:

"Det er rigtigt, vær en god pige og slug det hele skat"

Han pumpede et par gange mere, da det sidste af hans sperm sivede ind i min ventende mund på hans udgivelser.

Han løftede mig op.

Jeg tænkte ved mig selv, det var et godt blowjob.

Jeg er sikker på, at du nød det meget.

Michael vippede mit hoved op og kyssede mig ømt og gned mig let på min ryg og skuldre.

Så slår han mig hårdt på rumpen og fortæller mig:

"Du er en meget dårlig pige, der håner mig, som du gjorde. Men jeg ville ikke have dig på en anden måde."

"Jeg fortæller dig det samme, skat. Jeg elsker dig." Jeg hviskede i hans ører, mens jeg gned kløen på min numse. "Jeg skal færdiggøre morgenmaden."

Så kyssede jeg ham på kinden og vi spiste morgenmaden færdig.

KAPITEL IV

Sådan har det været de fleste dage siden vi har været sammen.

Vi var legesyge og elskede at lave sjov med hinanden.

Men vi kunne også være seriøse og ømme.

Jeg tror, at variation og sjov er det, der gør et godt par.

I det mindste ud fra min begrænsede erfaring, er det det, der ser ud til at fungere mellem os.

Senere samme dag tog Michael og jeg til restauranten for at gøre klar til arbejdsdagen.

Jeg var i skyerne.

Først fra det store fuck fra aftenen før og nu fra den legende morgen, vi havde.

Jeg kunne ikke lade være med at smile.

Jeg har aldrig været lykkeligere i mit liv.

Efter at have tilberedt opvasken til aftensmaden var det tid til at præsentere aftenens menu for tjenerne.

Da jeg gik ud til spisestuen, stoppede jeg op.

Der, ved bordet med resten af personalet og ejeren, sad en ny servitrice.

Hun var høj, og ud fra sin atletiske bygning kunne jeg se, at hun tog sig rigtig godt af sig selv.

Hun har mørkeblå øjne, der lignede havet, rubinrøde læber og langt krøllet blond hår.

Jeg følte mig rød med det samme.

Jeg havde brug for at komponere mig selv, så jeg kunne fortælle dem om middagsmenuen.

Da hun forklarede de forskellige retter til personalet, og da de tog det hele ind, forsøgte hun ikke at se på den nye servitrice.

Men at se hende putte min madgaffel i munden på hende og se hende nyde det var så varmt.

Jeg blev tiltrukket af hans mund og den måde, han slikkede sig om læberne efter et par bid.

Den måde, hun lukkede øjnene på, stønnede let og vippede hovedet tilbage, var meget varm.

Det var næsten, som om hun prøvede at være sexet med vilje.

Endelig havde de prøvet alt og kunne tale med kunderne om aftenens menu med førstehåndserfaring.

Han kunne ikke komme hurtigt nok ud foran stedet.

Så jeg gik ud af bagdøren for at køle lidt ned efter...efter...nå, hvad end det var.

Jeg besluttede mig for bare at børste det lidt af.

Måske er det bare mine hormoner eller noget.

Det er ikke en stor ting.

Jeg gik derefter ind igen for at begynde vores travle tjeneste.

Jeg kunne ikke vente med at komme ud og møde den sædvanlige skare af venner og kolleger i restauranten til middag.

Hans nerver var på overfladen, og han havde brug for at hvile sig.

KAPITEL V

I slutningen af natten kyssede Michael mig og fortalte mig, at han ikke skulle på restaurant til middag i aften.

Han har nogle ting at lave om morgenen, og han skulle tidligt i seng.

Så jeg gik til restauranten alene.

Det er din typiske restaurant i tresserne.

De har en vinylplademaskine, der spiller tilfældig musik.

Og de har de bedste burgere og pommes frites!

Det rammer virkelig plet efter en lang travl nat.

Da jeg kom dertil, var alt ret dødt.

Der var et par gamle mænd, som er stamgæster her, ved disken og drak kaffe og spiste kage.

I det ene hjørne var nogle teenagere, jeg ikke havde set før.

Så var der vores skøre gruppe.

"Hej allesammen!" Jeg råber til dem fra døren, når jeg ser dem ved vores sædvanlige bord.

De var der alle sammen.

Michaels bror Tony, Frankie, en kok fra en anden restaurant, John, en kok, og Julia, en servitrice, begge fra restauranten...og...OMG, det er hende!

Det er den nye servitrice.

Hvordan, hvorfor, hvad...

Jeg kan ikke engang færdiggøre mine tanker, når jeg begynder at mærke, at mine kinder bliver varme, og min fisse begynder at krible.

må have inviteret hende til at komme.

Det bliver en interessant aften.

Lad os se, hvordan det går.

Jeg håber ikke, jeg er latterlig.

Jeg tænker på alt dette, mens jeg leder efter et sted at sidde.

Så rejser den nye pige sig.

"Hej, jeg hedder Lydia, den nye pige. Du kan sidde ved siden af mig, hvis du vil." Hun fortæller mig med en sydlandsk accent og et behageligt smil.

Jeg kigger på hendes mund, mens hun taler til mig.

Så tager han fat i min hånd og trækker mig forsigtigt hen til bordet.

"Selvfølgelig, tror jeg. Det er rart at møde dig officielt, Lydia. Jeg er Cristina." Jeg fortalte hende.

Så jeg glider ind i det store hjørneskab, hvor Lydia sad, og hun sætter sig ved siden af mig.

Michaels bror Tony er på min højre side og Lydia på min venstre side.

Frankie, John og Julia er foran mig.

Vi bestilte alle vores mad og drikkevarer.

Lydia fortæller os om hende.

Hun er fra et sted i syd, hvilket er tydeligt på hendes accent.

Hun flyttede hertil for at komme ud af sin lille by fyldt med en masse travle interesser i hendes personlige liv.

Han kan ikke lide, at folk kender alle hans forretninger, sagde han.

Så lagde han straks sin hånd på mit ben og klemte det, hvilket selvfølgelig gav mig kryben.

Hvad prøver han at sige?

Det forekommer mig, at der er et skjult budskab her et sted.

Vi taler om arbejde og livet generelt.

Så begynder Frankie at fortælle os en sjov historie om en pige, han for nylig har datet, og som gik grueligt galt.

Mens Frankie fortæller sin historie, begynder Lydia at gnide sin hånd mod mit ben.

Op og ned kommer langsomt tættere på mine inderlår og så tættere på min nu våde fisse.

Herregud, hans berøring føles så godt.

Jeg ser mig omkring og ser, om nogen lægger mærke til, hvad de laver, men det gør de ikke.

Gudskelov.

Men hvordan kan jeg have det sådan?

Jeg elsker Michael, og jeg troede, at jeg ikke kunne lide kvinder.

Men hun gør mig så varm lige nu.

Jeg bliver ved med at forestille mig hende i min seng, kysser mig... slikker mig...

"Wow! Det hele ser så godt ud gutter. I har alle fundet en perle af et sted!" siger Lydia og afbryder mine tanker ved ankomsten af maden.

Lettet over, at maden er her, begynder jeg at spise min burger og pommes frites.

Jeg ville ønske, at Lydia ville lade mig være i fred nu.

Det er dog ikke tilfældet.

Selvom hun ikke længere har hånden på mit ben, slikker hun saften og saltet fra sine fingre, meget langsomt.

Jeg bemærker, at Frankie og Tony kigger på hende.

Jeg mener, pigen sutter og laver en fingermad.

Han viser os, at han har nogle skøre sugeevner, og nu er de tydelige.

Hun gør mig så distraheret og ophidset.

Jeg kan næsten ikke spise min mad.

Endelig er alle færdige, og Frankie forsøger at få Lydia til at tage afsted med ham.

Men Lydia afviser ham med sin sydlige charme.

Så han og Tony tager af sted, med hvad der ser ud til at være en vis irritation efter den skærm, som Lydia lige viste.

Julia ser på John, de har været sammen i et par måneder, og siger:

"Er du klar til at gå til mit hus? Det ved jeg, at jeg er!" Siger hun med klart løfte i øjnene.

Så går de sammen.

"Nå, Lydia, jeg tager hjem. Det var dejligt at hænge ud med dig. Du skulle komme tilbage til os . Jeg synes, du var en succes!" Jeg fortalte hende.

Jeg smutter ud af skabet og går mod døren.

"Ja, jeg tror, jeg kommer tilbage. Gik du her? Hvis ja, kan jeg gå med dig. Jeg bor meget tæt på, meget tæt på restauranten, men jeg kan virkelig ikke lide at være alene på denne tid af natten ." Lydia tilstår mig, da hun følger mig ud af restauranten.

Hun ser bange ud, men der er noget andet der, men jeg ved ikke hvad.

"Selvfølgelig bor jeg et kvarter fra restauranten, så det er perfekt." Jeg fortalte hende.

Så tager han fat i min hånd og siger tak.

Mens vi går, fortæller hun mere om sin familie derhjemme.

Jeg fortæller ham også om mit.

Vi havde ret ens liv, da vi voksede op.

Det er virkelig rart at tale om de ting med en, der forstår småbylivet.

Da vi rykker op foran hendes hus, slipper hun min hånd og vender sig mod mig, lægger sine hænder om min talje og siger:

"Nå, Cristina, tak fordi du fulgte mig hjem. Det har været rart at snakke med dig og lære dig mere at kende. Jeg vil dog gerne lære dig endnu bedre at kende."

Så læner han sig ind og kysser mig.

Hans mund er så blød og blid, som jeg havde forestillet mig.

Hendes tunge invaderede min mund, da jeg åbnede den for at invitere hende indenfor.

Det smager af kirsebær.

Jeg fortaber mig i kysset.

Hendes hænder rører ved min røv og skubber mig mod hende.

Men jeg kommer hurtigt tilbage til virkeligheden og indser, hvad jeg laver.

Jeg kan ikke gøre det her, ikke mod Michael.

Så jeg går væk og siger til ham:

"Jeg er ked af, at jeg gav dig en fod eller noget, men jeg har en kæreste, som jeg elsker så højt, og jeg kan bare ikke gøre det her mod ham. Jeg synes, du er smuk og virkelig sød. Men...jeg kan bare" t."

"Cristina, du er en dejlig pige, og jeg er ikke overrasket over, at du ser nogen. Jeg ville blive overrasket, hvis du ikke rigtig gjorde det." Lydia svarer mig.

Jeg ved ikke, hvad jeg skal tænke.

"Hvis du ved, jeg er sammen med nogen, hvorfor driller du mig så?"

Jeg beder dig om at vende tilbage.

"Cristina, jeg lagde mærke til din reaktion på mig under smagningen af menuen. Jeg så dig se mig, og hvordan du rødmede. Så lod du mig gnide dit ben i restauranten."

Hun begynder at gnide sin finger over mine læber.

Fortsæt derefter:

"Jeg ved, du tænkte på mig. Tænkte på, hvad du vil have, jeg skal gøre mod dig. Du ville have, at jeg skulle kysse dig sådan."

Så planter hun et kys på min hals.

"Vil du have mig til at røre ved dig".

Så lægger han en af sine hænder på min numse næsten i min fisse.

"Vil du have mig til at slikke dig, her"

Så lagde han sin anden hånd på min kusse og begyndte at stryge den.

Jeg nyder, hvad hun gør ved mig.

Kysser min nakke, leger med min røv og nu med min fisse!

Det føles så godt, men drilsk og modigt på samme tid.

"Jeg ved, du vil have mig Cristina, og det er okay at lade det gå og lade det ske. Kom venligst med mig. Jeg vil ikke tvinge dig til at gøre noget, du ikke er tryg ved. Jeg lover."

Hun tager min hånd og jeg følger efter hende.

Det er, som om hans ord fortryllede mig.

Hun har mig så i varme lige nu.

Jeg er kitt i hans hænder.

KAPITEL VI

Vi går ind i hendes lejlighed, og hun sætter noget musik på.

Det var 30 sekunder ! til Mars, mit yndlingsband!

Jeg kunne ikke tro det.

Sangen var " The Dræb ".

Lyden fylder stuen.

Jeg lukker øjnene og begynder at vugge frem og tilbage til teksten.

"Kan du lide denne sang Cristina?" spørger Lydia, mens hun rækker mig et glas hvidvin.

"Ja, faktisk 30 sekunder ! to Mars er mit yndlingsband!" fortæller jeg ham, mens han sidder ved siden af mig i sofaen.

Vi sidder og drikker vores vin og lytter til sangen.

Lydia sætter sit glas på bordet og tager så mit fra mig for også at stille det på bordet.

Hun tænder nogle stearinlys, der står på bordet.

Så vender han sin opmærksomhed mod mig.

Hun begynder at køre håndryggen over mine skuldre, op ad min arm og tilbage til mine skuldre.

Så bringer han sine fingre til mit bryst og sporer halsudskæringen på min lilla skjorte og kysser, hvor hans fingre var.

Jeg vidste pludselig, at jeg ville have hende og intet andet i dette øjeblik.

Jeg rækker ud efter hendes hage og bringer hendes ansigt tættere på mit.

Jeg ser ind i hendes dybe blå øjne et øjeblik og tager så hendes mund i besiddelse med min.

Passioneret knepper hendes smukke mund.

Mine hænder er flettet ind i hans hår, mens jeg hiver forsigtigt.

"Ahhhhh..." stønner Lydia ind i min mund.

Lydia begynder at fjerne min top og så min sorte bh.

Hun stopper for at slikke hver brystvorte på mig.

Så tager jeg hendes lyserøde T-shirt og hendes lyserøde blonde bh af.

Gud!

Hun har virkelig en fantastisk krop og fulde overdådige bryster.

De skal være mindst en D kop, måske dobbelt D.

Jeg tager hendes smidige bryster i munden og sutter på hendes brystvorte.

Jeg kniber den anden, så han ikke føler sig udenfor.

Mens jeg arbejder på hendes bryster, begynder hun at knappe sine jeans op, og så knapper hun mine op.

Jeg slipper hendes bryster, og Lydia skubber mig ned på sofaen.

Det tager pusten fra mig, hun ser så sexet ud!

Jeg kan ikke tro, at det her sker.

Jeg kan ikke fatte, at jeg føler så stærkt for hende.

Lydia lægger sine fingre på min talje og trækker mine bukser ned.

Jeg prøver at hjælpe hende, forsøger at sparke dem.

Til sidst trækker hun i dem, og de er fri af mine fødder.

Jeg ligger der på hans sofa helt nøgen bortset fra min sorte rem.

Hun tager min fod op og begynder at sutte på tæerne på min venstre fod.

Så kysser han sig op ad mit ben, op ad mit inderlår.

Det starter så tilbage ved mine tæer på min højre fod og arbejder sig op af mit ben til mit inderlår.

Bløde og varme kys varmer min hud.

Jeg trækker vejret tungere end før.

Jeg kan dufte de kokosduftlys, du tændte tidligere.

Jeg elsker duften af stranden, og nu minder den mig om hendes havblå øjne.

Jeg ser på hende, og hun kigger intenst på mig og efterlader et spor af kys på min blege hud.

Da han kommer til min fisse, slikker han først på begge sider af mine ydre læber.

Så trækker han min rem til siden og flytter sin tunge hen over min hævede klit.

Hun gør det igen og igen.

Går hurtigere og hurtigere.

Så dypper han sin tunge ind i mine indre læber og begynder at slikke.

Hun tager de safter, der allerede er til stede i min våde fisse.

Så begynder han at sutte på min klit igen.

"Fuck Lydia! Åh min gud det føles så fucking godt skat" siger jeg til hende mellem vejrtrækningerne.

Jeg rækker ned og lægger min hånd i hendes hår og leger med mine bryster med min frie hånd.

Men hun tager mine hænder og placerer dem på hver side af mig og fortsætter med at sutte uden at gå glip af et slag.

Hun er dominerende og ubarmhjertig, og det tænder mig endnu mere.

Han fortsætter med at sutte, og nu arbejder hans fingre på min gennemblødt våde kusse.

Jeg ved ikke hvor meget mere jeg kan tage før jeg falder til orgasme.

"Oh! Jeg skriger, da min krop begynder at ryste.

Lydia forsøger at tage fat i mine hænder, mens jeg bevæger mig under hendes kloge mund.

"Okay, lad det gå. Stop med at holde fast og find din frigivelse." Hun opmuntrer mig.

Hans ord var, hvad jeg havde brug for at høre, og jeg gav slip.

Hun slap mine hænder og holdt min røv, mens hun fortsatte med at spise min fisse.

Jeg begyndte at blive meget stærk.

Min krop krampede.

Bølger af ekstase begyndte at skylle ind over mig.

Jeg svævede længere og længere fra virkeligheden.

Indtil jeg afsluttede den mest utrolige orgasme, jeg nogensinde har haft i mit liv.

KAPITEL VII

Da jeg fik vejret, kyssede Lydia mig ned ad min krop og tog sig tid på mine bryster.

Så gik han op og fortsatte med at kysse mig på munden.

Jeg kunne smage mine safter i hende.

Den smagte så sødt blandet med hendes kirsebærlipgloss, at jeg følte, at den var der på hende. nu.

Duften af de blandede stearinlys fik mig ophidset igen.

Jeg tog fat i hende og vendte mig så hun var under mig.

Jeg kyssede hende hårdt, bed og trak i hendes underlæbe.

Dette fik hende til at stønne.

Han lagde sin hånd op til mit ansigt og gned min kind med sin tommelfinger.

Det var så sødt, og det fik mig til at smile.

Vi ser hinanden i øjnene et øjeblik.

Så jeg begyndte at kysse hendes øre.

Napper og sutter let på hans øreflip.

Hun begynder at nynne.

Jeg elskede den lyd, han lavede, fordi han kan lide det, jeg laver.

Jeg begyndte at bevæge mig og kysse hende ned i nakken, hen over hendes kraveben og op til hendes bryst.

Hun leger med mit hår.

Jeg slikker mellem hendes store bryster og tager hendes duft til mig, som den gjorde mig.

Så fortsætter jeg ned til hendes navle.

Hun har en stram mave med fantastiske mavemuskler.

Jeg slikker hendes navle og stikker min tunge ind.

Så begynder jeg at bevæge mig længere sydpå.

Jeg kysser hendes hofter og derefter den lille landingsstrimmel, der fører til hendes våde fisse.

Jeg tager en dyb indånding, og hun dufter så godt.

Hendes nynnen bliver højere, da jeg tager mit første slik af denne kvindes fisse.

Hun smagte sødt som en fersken.

Jeg kiggede op for at se, om han nød det, og hans øjne var lukkede, hans mund var åben, og jeg indså, at han pustede.

Det ser ud til, at hun nyder det.

Jeg bliver ved med at slikke og udforske hendes fisse med min tunge.

Jeg finder hendes klit og stryger hurtigt med tungen hen over den og begynder så at sutte på den.

Lydias hænder går straks hen til mit hoved, mens hun gør tegn til mig, at jeg skal fortsætte.

Så jeg bliver ved med at sutte på hendes klit.

Så glider jeg en finger ind i hendes fisse.

Det er meget stramt.

Jeg kan ikke lade være med at spekulere på, om hun nogensinde har været sammen med en mand før.

Jeg arbejder på hendes fisse, indtil jeg løsner den lidt, så glider jeg endnu en finger ind.

Jeg bliver ved med at sutte og slikke hendes klit, mens jeg knepper hende med mine fingre.

Jeg sætter så min tommelfinger i hendes stramme røvhul og begynder at gnide den.

Det fortsætter et stykke tid, og jeg begynder at mærke, at hun ryster.

Jeg ved, at hun er tæt på, så jeg begynder virkelig at pumpe mine fingre ind og ud af hendes stramme fisse hurtigere.

Jeg sutter hårdere på hendes klit og gnider hendes røv hurtigere.

Hun griber mit hoved hårdere og begynder at skubbe ind i hendes bækken, da hun bliver hård.

Hendes saft begynder at sive ud af hende og jeg tager så meget jeg kan fange i munden.

Hun begynder at komme ned fra sin orgasme, så jeg kærtegner let hendes krop, da hun begynder at vride sig.

Jeg stopper.

Jeg rækker hånden op og kysser den.

"Det var fantastisk Lydia! Jeg elskede at se dig komme sådan!" Jeg fortalte.

"Er du sikker på, at du ikke er interesseret i kvinder? Hvad der er sikkert er, at du ved, hvordan du bruger din mund!" Hun spurgte mig.

"Nej, jeg var ikke interesseret. Men jeg håber heller ikke, det bliver sidste gang, jeg gør det!" Jeg fortæller ham med et grinende smil på læben sammen med hans juice.

"Det håber jeg heller ikke. Jeg vil have, at du gør det mod mig mange flere gange!" sagde Lydia med et tilfreds smil.

ENDE

www.ingramcontent.com/pod-product-compliance
Lightning Source LLC
Chambersburg PA
CBHW051843130726
47987CB00002B/674